U0639385

轻与重
FESTINA LENTE

姜丹丹 何乏笔（Fabian Heubel） 主编

倾听之眼

［法］保罗·克洛岱尔 著　周皓 译

Paul Claudel
L'Œil écoute

华东师范大学出版社

华东师范大学出版社六点分社　策划

Le traducteur a bénéficié, pour cet ouvrage, du soutien du Centre national du livre

本书译者翻译此书得到法国国家图书中心的资助

主 编 的 话

1

时下距京师同文馆设立推动西学东渐之兴起已有一百五十载。百余年来,尤其是近三十年,西学移译林林总总,汗牛充栋,累积了一代又一代中国学人从西方寻找出路的理想,以至当下中国人提出问题、关注问题、思考问题的进路和理路深受各种各样的西学所规定,而由此引发的新问题也往往被归咎于西方的影响。处在21世纪中西文化交流的新情境里,如何在译介西学时作出新的选择,又如何以新的思想姿态回应,成为我们必须重新思考的一个严峻问题。

2

自晚清以来，中国一代又一代知识分子一直面临着现代性的冲击所带来的种种尖锐的提问：传统是否构成现代化进程的障碍？在中西古今的碰撞与磨合中，重构中华文化的身份与主体性如何得以实现？"五四"新文化运动带来的"中西、古今"的对立倾向能否彻底扭转？在历经沧桑之后，当下的中国经济崛起，如何重新激发中华文化生生不息的活力？在对现代性的批判与反思中，当代西方文明形态的理想模式一再经历祛魅，西方对中国的意义已然发生结构性的改变。但问题是：以何种态度应答这一改变？

中华文化的复兴，召唤对新时代所提出的精神挑战的深刻自觉，与此同时，也需要在更广阔、更细致的层面上展开文化的互动，在更深入、更充盈的跨文化思考中重建经典，既包括对古典的历史文化资源的梳理与考察，也包含对已成为古典的"现代经典"的体认与奠定。

面对种种历史危机与社会转型，欧洲学人选择一次又一次地重新解读欧洲的经典，既谦卑地尊重历史文化的真理内涵，又有抱负地重新连结文明的精神巨链，从当代问题出发，进行批判性重建。这种重新出发和叩问的勇气，值得借鉴。

3

一只螃蟹，一只蝴蝶，铸型了古罗马皇帝奥古斯都的一枚金币图案，象征一个明君应具备的双重品质，演绎了奥古斯都的座右铭："FESTINA LENTE"（慢慢地，快进）。我们化用为"轻与重"文丛的图标，旨在传递这种悠远的隐喻：轻与重，或曰：快与慢。

轻，则快，隐喻思想灵动自由；重，则慢，象征诗意栖息大地。蝴蝶之轻灵，宛如对思想芬芳的追逐，朝圣"空气的神灵"；螃蟹之沉稳，恰似对文化土壤的立足，依托"土地的重量"。

在文艺复兴时期的人文主义那里，这种悖论演绎出一种智慧：审慎的精神与平衡的探求。思想的表达和传播，快者，易乱；慢者，易坠。故既要审慎，又求平衡。在此，可这样领会：该快时当快，坚守一种持续不断的开拓与创造；该慢时宜慢，保有一份不可或缺的耐心沉潜与深耕。用不逃避重负的态度面向传统耕耘与劳作，期待思想的轻盈转化与超越。

4

"轻与重"文丛，特别注重选择在欧洲（德法尤甚）与主流思想形态相平行的一种称作 essai（随笔）的文本。Essai 的词源有"平衡"（exagium）的涵义，也与考量、检验（examen）的精细联结在一起，且隐含"尝试"的意味。

这种文本孕育出的思想表达形态，承袭了从蒙田、帕斯卡尔到卢梭、尼采的传统，在 20 世纪，经过从本雅明到阿多诺，从柏格森到萨特、罗兰·巴特、福柯等诸位思想大师的传承，发展为一种富有活力的知性实践，形成一种求索和传达真理的风格。Essai，远不只是一种书写的风格，也成为一种思考与存在的方式。既体现思索个体的主体性与节奏，又承载历史文化的积淀与转化，融思辨与感触、考证与诠释为一炉。

选择这样的文本，意在不渲染一种思潮、不言说一套学说或理论，而是传达西方学人如何在错综复杂的问题场域提问和解析，进而透彻理解西方学人对自身历史文化的自觉，对自身文明既自信又质疑、既肯定又批判的根本所在，而这恰恰是汉语学界还需要深思的。

提供这样的思想文化资源，旨在分享西方学者深入认知与解读欧洲经典的各种方式与问题意识，引领中国读者进一步思索传统与现代、古典文化与当代处境的复杂关系，进而为汉语学界重返中国经典研究、回应西方的经典重建做好更坚实的准备，为文化之间的平等对话创造可能性的条件。

是为序。

姜丹丹（Dandan Jiang）

何乏笔（Fabian Heubel）

2012 年 7 月

目　录

1

荷兰绘画导论

若让我试图定义,把短暂接触后对这个国家的印象用文字固定下来,我不会马上求助于图像记忆。在荷兰,举目四望,找不到视觉的框架,可让我们在其间组织遐思与回忆。大自然没有给视觉提供一个明确的界限,有的只是那道模糊,连接着永远变换的天空与游戏种种微妙色彩后终抵虚空的大地。我们的母亲,大自然,在此无需用壮观的山脉高声宣告,用各种屏障或极尽大地之可能的起伏旋律来戏剧化她的意图。没有突如其来,没有意料之外,没有强势的介入,亦无像卢瓦尔河谷和赛奎阿纳谷那种不可抗的邀约。相反,在这里,土地对河流不迎不拒。我们像是住在一块流动的、绿色的平整桌布上,抑或就是它的主人;又像身处开阔的平台,一目了然,脚下便没有了动身的渴望。一切等无差别,这片平易近人的辽阔大地随时铺展开色彩与奶,毫无保留地把自己向人类敞开,做他的牧场与花园。是后者的村庄、钟楼、种植于各处的花束般的树木规范了视觉的界限;是线条分明的运河两岸的"V"形交界提示了距离的远近;是大片广袤、平静绿色中的牛羊,从清晰成群到变成散落各处的小亮点构成了种种路标和参照,还有洒满阳光的花田,还有那郁金香和风信子组成的七彩色板。但无论何时,在这绿色珐琅的表盘中央,我们都没有静止的感觉。这不仅是因为光影随着时间不停幻化,在辽阔的天空中总有内容在上演,令人沉思;也不仅是因为那持续的风,时而像暴风雨时有力,时而潮湿、轻微如人的呼吸,像凑近来低声耳语的人那样,于我们的脸颊留下一丝温热,而远方荡水涤尘的风车正是这气息最好的象征。它,不仅是它,反复在我们心中注入对时间的情感,对形而上姿态的警觉和与周围所有存在物最微妙、丰富的交流体验。我们记录了这份平静、和谐的工作,或者说,记录了这缓慢的计算与称量的过程。一颗舒缓、放松、膨胀起来的灵魂对此并不陌生。自然而然地,思想从强加在它眼前的事物上抽离开来,在沉思中得以轻盈地扩充。无需惊讶这里就是斯宾诺莎构思几何诗的地方,我们身上的某些东西确会在此生成。像水手的精神状态一样,它与一切融合、共鸣,而非关注即时的环境。习惯远望的眼加强了人们利用现象的习惯而非单纯地应付变化。在这

图 1　吕斯塔尔,《哈莱姆风景》,1660 年

被大海浸透的地方，一草一叶都依赖这秘密糖水生存，怎能相信灵魂会在这深刻的交换中缺席呢？正是因为它，少女的脸颊才明艳如花。

为了表述得更明白，我想使用一个道德比喻。当我们的思想情感或性情酝酿着或已完成了一些重大的变化；当在日常琐事之中，我们感到不可抑制的心潮起伏，或是强烈的爱，或是强烈的痛，又或是对宗教的皈依；当我们意识到第一层堤坝已经扭曲，潮水上涨而我们的心灵却仍觉堵塞时；当从昨日尚好，今日却从已被淹没的领地上撤退时，我们明白了，在人格最曲折的深处，有这样一股攻城略地的水，而我们可用以防御的资源又一直被某些奇怪的突然爆发所威胁。这时，怎能不想到荷兰？想到正午时分，掌握这里河流血脉的波浪之神以胜利之姿驾驭千帆，在三色旗的猎猎响声中又光临这个属于他的国度？裹挟之下，水道充满，吊桥相继扬起，环顾左右，状况竟如天平一般。搁浅的旧船摆脱泥牢，血一样的水从堤坝喷涌而出，七个联合省又一次亲身体验这猛烈的冲击，如同伟大的上将鲁伊特（Ruyter）在墓志铭中写的那样："大海巨震"。又有时，我们的心突然紧缩，像被人掐住了脖子，又感觉力道在慢慢放松，几要灭顶的大水又逃走，落潮了。它从各方退散，势不可挡，而我们身上某些东西就这样也被它席卷而去。本以为丧失的土地又一点点显现，焕然一新，更加丰腴。

于是，望着它们我们伸出手臂，再将其拥有。

如果足够深入这里之后，你还感觉不到脚下那神秘的弹性，感觉不到自己也加入了像呼吸般起伏的宇宙旋律，那就不要试图了解荷兰。

荷兰是一个呼吸的躯体。须德海海湾不正是它的肺吗？每天两次，像吮吸咸味的乳汁那样，它让海水直沁心腹；每天两次，这片水在某个时刻找到平衡，在刚到达和将离开之物中开展难以数计的交换。仿佛钟声一响，交易所大门就打开。我在这儿说"交易所"有两个意思："容器"和"市场"。还有哪个交易平台能如这般开放？印度的财富、《启示录》中列举的所有物资：红色衣料、丝绸、木材、钢铁、大理石、象牙、各种香料、酒、油、小麦、牲畜、奴隶，乃至人的心灵都在这里发生着交换，莱茵河和默兹河也会倾入进来吗？至于"市场"，是因为所有东西都在这里转化为了价值，从物质的品质过度到了具备普遍作用的符号和比例，换言之，它们得到了自己的"市价"。

"Valeur"，这个词仿佛从笔下冒出来为我搭桥铺路。在这庄重、沉静的水边，一群古代画家与现代游客相约，我们与之尚有距离，或许正可借此超越。无论作为银行用语还是绘画用语，"valeur"在一些特殊、偶然的情况下具备了这样的意思：指附着在某些特定事物各个部分上的抽象与整体的特征。在商业天平上，它指纯金属的重量；在更精微的艺术天平上，它是无限微妙的层层差别,有时表征为明暗光线对话中的色彩,即"成色"。在对大自然小心谨慎的探索中,这些"valeur"在画家们的笔下得以凝结、实现,正是它们的合鸣构成了荷兰绘画,后者,在我看来也可以说是一些受荷兰魔力感染的群体,它们的诞生恰到好处地得益于在最微妙处悬置的时刻,从此时光再无力使其消散。例如,我想到阿姆斯特丹博物馆中一幅维尔德(Van de Velde)的画:《炮声》。仿佛随着烟雾弥漫中的一声爆发,随着信号一响:"开炮"! 大自然所有进程立刻停止,而海水翻涌的警觉之气便扑面而来。那高处的桅与帆就像是茫茫空间中强势的指令。这一类画,比起观赏,更需要我们倾听。

我想,如果我们能在用眼睛滋养心智的同时也学会侧耳倾听的话,或许能更好理解荷兰的风景,理解这些更依靠收敛心神而非依靠好奇心才能发现的冥想对象与寂静之源。与被各种物体塞满画框的英法绘画相比,荷兰绘画中最引人注意之处是给"虚"而非"实"以致关重要的位置。① 被极尽种种微

_____

① 原文此处所用"vide"、"plein",在法语中的本意是"空"和"满",但也是中国文化中"虚"、"实"在法语中约定俗成的翻译。克洛岱尔曾在中国旅居十余年,对此有所了解。在后文《四月的荷兰》中,他更是明确提到了中国的"虚实"之论和对亚洲的思念。故而我们认为,此处译为"虚"、"实"更符合作者的原意。——译注

8

图 2 　维尔德，《炮声》，1680 年

妙之趣的游戏所舒缓的调子逐渐变得清晰,化为线条,乃至成形,其缓慢程度令人印象深刻。空间与虚静相得益彰,大地上开放的水流引诱了天空的云朵。我们一点点看到,我更想说"听到"一曲清透的旋律,像出自熟练手指下的笛声,又像大提琴的长音,穿透万物的默契流淌出来。这是无声的线条悄然和另一条并行,是短暂沉思后开场的节目,它由梦境来继续,因距离而韵味深长、引人遐想。在日本名画中,三角形总是构图的要素,或是呈等腰直角形的钟楼或悬帆,或是从画框伸出一条长边最后收缩成一点;在荷兰绘画这儿,则或许可以说是任由我们随意调节、升降的菱形。它或变成强音加重、延伸直至像我们眼前这风车一样插上翅膀;或在纷乱中下降,化作吕斯塔尔(Ruystaël)笔下叠加的圆石和旋转的落叶;或拉长成一排排钟楼散落在戈延(Von Goyen)的画中,时光在那里凝固出神,钟楼亦随我们的遐思为这流动而又坚实的整体赋予了神秘的生命和动力。至于来活跃这个整体的自然、人物、运转的风车轮、陷入泥地的推车,还有那边奔跑得像一个焦虑颤音的小人儿,我把它们都比作触摸振动乐弦的手指和鲁特琴的拨子。写到这儿,忽忆起一段往事。记得第一次参观阿姆斯特丹国立博物馆时,我马上像条上钩的鱼儿被房间另一端墙上的一幅小画吸引了过去。那是幅素雅的、颇具戈延风格的绘画,似有一抹金色浮在明亮的云烟之端。现在我终于

图 3　吕斯塔尔,《本特姆城堡》,1650 年

图4　戈延,《多德雷赫特风景》,1647 年

明白了,能远距离震撼我的,像小号一响便足以震撼全场一样的东西,原来就是画中那一点朱砂和相邻的一点蓝,一粒胡椒一粒盐!

目前为止我们介绍了这类可以说是从侧面示人的风景,但还有另一种以正面示人的,如霍贝玛(Hobbema)的《林荫路》或梵・特・内尔(Van der Neer)的许多作品,一条路、一条运河、一道略蜿蜒的流水,从画面中间为我们打开一个想象的空间,邀请我们进去探索。或者,在昏暗、细腻、被人影打断的近景后出现一片将现实与期盼分割的明亮,更远处又出现模糊的城市。就这样,我们被引入,或者说被"吸入"画的内部,从单纯的观赏转为深受吸引。我们在哪儿?真想低头看看脚

图 5　霍贝玛,《林荫路》,1689 年

图 6　特·内尔,《冬天的溜冰场》

跟系的带子，是否像灵魂的引路使者赫尔姆斯那般一下就拥有了一双魔鞋？荷兰艺术家就是这样，喜欢突然地给那些在镜面上穿梭的人以惊喜。

继续向前！既然有如此殷勤的邀请。就让我们跟随这拨动心弦、引领我们的手指走得更远，由外及内吧。内尔和霍贝玛带我们进入大自然内部，其他的画家将带我们进入居家住所，乃至有比他们更伟大的画家将带我们走进心灵，那里有"照耀世人"的光明，询问着在它面前仍犹疑的黑暗。

我深知，赋予荷兰绘画以深刻使命和神秘倾向会与很多评论家意见相左，特别是这位最权威、细腻而又博学的批评家兼作家：尤金·弗罗芒(Eugène Fromentin)。仍记得他在《过去的大师》一书中的篇章，不禁想在这里加以引述：

　　是时候该想得少一些，看得高一些，观察更近、更仔细一些，画的一样好但不同一些了。这是为他准备的、被他画出来的民众、公民、劳动者、暴发户以及任何人。在这些朴素、微小和细腻的事物面前，人也变得谦逊、单纯和细腻，能全盘接受，不加以删减，亦不有所轻视，而是熟练地融入其中的默契，与它们的存在方式亲切共鸣。从此，天才的画家即是这样一群人：他们没有偏见，不以自己所知为知，任由所画对象来打动自己，只需询问它们如何想被表现。

此处，弗罗芒又加了几句，似乎没在意新内容与前文之间存在的停顿或矛盾：

"如果我们排除无论在何处何时都是例外的伦勃朗"——这里我要打个问号，"我们在荷兰画室中能发现的只有一种风格、一套方法。其目的在于模仿存在的事物，使其取悦于人，并能清楚表达简单生动和诚恳的情感。因此，绘画的风格以简单明快为本，以真诚为根本准则，以熟悉、自然、强调面部表现为首要条件。由此得来一整套道德品质、天真、包含耐心的主动意愿与诚实可靠。可以说，家庭生活中的美德转移到了艺术实践中，这些美德既有助于日常举止也有助于绘画。若排除掉荷兰绘画中的这份诚恳，您将无法领会它的精髓，无法把握它的道德性和风格。就像在最日常的生活中，情况的变化能揭示一个人的行为方式一样，在内容积极、享有盛名的荷兰绘画中，在大部分短视模仿者眼中的名家那儿，您会感到一种心灵的高度和善意，感到对真的柔情和对实的诚挚，这赋予他们的作品一种事物本身不具备的价值。而他们的理想也在于此，这理想似乎默默无闻，乃至被人看轻，但对想将其把握的人来说，它确定无疑，对能欣赏的人来说，它更是心之所系。有时，一颗略有温度的、感性的颗粒就能把这些画家变成思想者，乃至诗人。"

最后这句让人愉悦，它纠正了某个虽不乏正确、细腻，但在我看来却是错误的鉴赏观点。事实上，像我刚才说的一粒蓝色的盐和一粒朱砂红那样，只需一点，便已很多。并且我认为，在这些古老画家的构图中无一缺少这种低调的美味，无一未在高声宣称之侧低声呢喃。这不言之意，是要由我们来侧耳倾听的。

蒙蔽了弗罗芒和大多数荷兰绘画批评家的，是他们已与古典主义、巴洛克主义的诗学或修辞学大相径庭的时代氛围、观点和出发点。前者作为一种有声、喧嚣、勇敢、雄辩、铺陈并极其循规蹈矩的艺术，在那时的意大利和弗兰德已结束了辉煌的扩张。为了描述它的特点，还得从《过去的大师》中再引一段，我不可能比它说得更好：

　　曾经存在这样一种高调、崇高、大气的思考习惯，存在这样一种在事物中拣择、美化并纠正它们的艺术。它活在绝对而非相对中，能如实地观察自然，却把它表现得不再是它存在的样子。一切多少都得与人有关：依赖人，附属于人或终止于人，这是因为一些比例原则和诸如高雅、力量、高尚、美丽等属性已经得到了广博的研究，被总结成型为定律，并用在了人以外的地方。由此，产生某种泛宇宙的人或人化的宇宙，将人体的完美比例作为原型。历史、视角、信仰、教规、神话、象征、徽章，几乎只有人的形象才能表现出人所能表现出的东西。自然在这有吞噬力的人物周边只能模糊地存在，人们几乎将它视为一旦有人出现就应自行减少乃至取消的框架。一切无非禁止与概括，似乎每个物件都应获形于同一个理念，不可逾矩。但若真依照这一历史风格的规定，布景将简洁、视野会缩短、树木应会简化，天空将少一些变幻，氛围将更透明、平等，人也应更像他自己，更裸露而非着装，更加如雕像般完美并面容英俊，这样，才能在分配给他的角色中显得更有驾驭能力。

但除了这类技术化、模式化、排场化的艺术，我们不能否认，在埃斯考特——默兹地区人民的心里，还存在着某种对即时的现实生活强烈而坚定的喜好和马上就想一饱眼福的热情，他们能像孩子一样自编自演，自娱自乐。这一倾向与有感染力的快活情绪，还有弗拉芒人民面对身边有滋有味的生活和为他们提供啤酒与油脂的沃土时的那股特有的粗鲁劲儿，已被中世纪的手稿、早期居民的图画和勃鲁盖尔家族、约尔丹斯以及特尼斯的作品所证实。但荷兰艺术最大的创新,还是风景和世俗的主题不再躲在某个装扮好的、有寓言或戏剧性质的宗教场景后并以人的"装饰"为名出现了:它们凭自己就构成了画。现在,我们唯一要考虑的便是它们构成的整体,以及它们在色彩和线条上的一致约定和行动,即我们所说的构图。

这里还要指出,荷兰艺术家可不是手里拿着笔,凭借偶然或突发奇想去寻找主题,也不会把什么都记录下来。从吸引画家和顾客的节目单上,他只选取几段章节。我举两个例子:弗罗芒曾有洞见地指出,黄金时代的荷兰不仅见证了画家们的兴盛,同时它也是荷兰历史上最残忍和动荡的年代。但民众的骚乱、宗教的纷争、各种战役、偷袭,所有这些不曾有一刻点燃艺术家们平静的画笔。他们对火药声充耳不闻,对燃烧的茅屋、前进的队伍和撤离的居民这两股人流视而不见,也看不到血流成河中负伤的公民那扭曲的身体与表情。战争,对他们来说,只是乌沃曼(Wouwermans)笔下在进入一片澄明风景前的轻快阅兵。此外,我们所说的这个时代也是殖民大举扩张、探险海上、发现世界并把战利品堆满海岸的时代,但荷兰艺术对此完全不在意甚至连好奇心都没有,只有勉强在伦勃朗的本子里出现过黑人、狮子和大象的草图。资产阶级

图7　菲利普斯·乌沃曼,《骑兵之战》,1646—1647 年

图8　彼得·乌沃曼,《代尔夫特马市》,1665 年

们表现得像委拉斯凯兹（Velasquez）那些高傲的顾客一样无忧无虑。他们对画家有所要求，但除此之外不求其他。因此，荷兰艺术像其他门派的艺术一样，对应的是一个已有的定见。这个定见，像我们看到的那样，绝非是崇拜、探索现实或为它列个清单。这些诗人只是在那里选择他们的主题，借用构图的各种元素服务于自己的追求。他们只选择适合自己的。

我冒失地提出一个大胆的观点：如果说荷兰画家回避了自身也有其价值的文学与戏剧的主题和轶事，如果说他们选择了那些由风景来支撑自身的路人演员，并让自己笔下的风景获旨于大自然最普遍的意图的话，那是因为他们想再现的不是行动、事件，而是情感。刚才我们描述的那些风景画给人以空间感，现在要谈的这些生活场景画则能在我们身上唤起时间的持续感，这些场景像容器一样盛满了散发着的情感。一幅维埃尔（Viel）、维米尔（Vermeer）或霍赫（Pieter de Hooch）的作品，我们不用眼来观察，不用让目光抚摸画面，一眨眼便足以进入乃至居住其间。我们被抓住，被盛入，感觉画框像件外套，而自己就沉浸在它所封闭的氛围中，从每个毛孔、从一切感觉，乃至从灵魂的听力深深浸入。其实，我们所在的房屋也有它的灵魂。和我们的心灵类似，它接待、区分、分配着外来的光线，然后在某个当下时刻被寂静所充满。我们见证着这样的工作，凭借着它，外在的现实在内心深处转化成了光与影，白日的光线在我们提供的墙壁上或升或降。这边，连成一串的房间、庭院；那边，从门溜入花园或从气窗逃到空中的身影，它们远非娱乐于人，而是给人带来一种基于深度和安全感的愉悦：这是我们的私密领域。轻轻一触就足以令心中闪烁起某段记忆和思绪；耐心演进的光线塑造出人物并凸显它的体积……就这样，荷兰画家深知如何把握和使用一天中倾斜光影的神秘供给，或像奥斯塔德（Van Ostade）那样，用此来清点缤纷的人物和摇摇摆摆堆在一起的物体；或像我们常见的那样，用细致入微的精神为其保留闺房严格的整洁和单纯的秩序。如水般透明的玻璃、中心浓重色彩里的细腻、墙壁间复杂的互动和它们交错的影中之影、被对面镜子这凝视之眼所吸收的、栅栏方格在墙上画出的弧型、房间里一明一暗或乍明乍暗的两处对比，还有笨重的柜子、有滞感的桌面和给一切染上沉稳色彩的温暖皮质——所有这些构成了护身符、悄悄话和某种神秘的魔力。于是我们明白，居住其间的人不可能逃离这家的天堂。这和一些现代绘画是多么不同！那些画如果不是被画框收住，简直要像嗞嗞作响的柠檬水一样到处逃窜、爆炸！但在这里，平面镜或弧形镜应人的要求转移了花园和街景，器皿的外形在桌上或显或融、泛着虹色的玻璃窗神秘的在玻璃瓶肚上、在球体不易察觉的凸面上梳理自己的纹路。它们坚持着，让我们仅仅在它们的身上就能看到总是

图 9　德维特,《弹羽管键琴的女人》,1609 年

图 10 维米尔,《音乐课》,1662—1665 年

图 11 霍赫,《代尔夫特乡下小院》,1658 年

图 12　奥斯塔德,《室内玩耍的孩子们》,1645 年

关在自己领域内的思想的模样。

刚才我提出，荷兰的风景总有个方向，或者更准确地说，这些室内景的构图总有一个中心、重心或根本的家园，而它却是由一些表面看似无谓的主题确定下来的：被人爱抚着的小狗、包扎起来的手指，其作用在于把人对自己的关注具象化；准备好的笔尚不知白纸将大展宏图；缓慢的手将在有用的书或纸上穷思竭虑；思虑的后续、递出的琴、轻启欲唱的双唇和布鲁维尔（Brouwer）笔下人物中喷出烟圈的黑洞——正是这些在发散，使精神对凝聚了这个和谐整体种种元素的隐秘符号变得更加敏感。在经常出现的主题中，吃饭和音乐会最为常见。即使不考虑多少潜在的宗教意图，吃饭本身也是沟通的一种。但值得一提的是，在傲慢与虚荣的驱使下，在许多意大利和法国绘画中，堆砌传统素材的画家往往忽略世俗盛宴中重要、高尚的举止行为，而在荷兰画家那里，围坐一桌、共享餐饮的宾客带着的天真与真诚则为他们友善快乐的相邀平添了一种单纯茶会没有的高贵。我想到伦勃朗的一幅画。画家兴高采烈，挎着剑扮成绅士，一手抱紧快乐满足的姑娘萨斯奇雅，一手高举装满琼浆的长酒杯，似乎在向完美的典范祝酒。其他的呢，若论表现灵魂的默契和它们的相互倾动，还有什么主题比帕拉麦兹（Palamedz）和博尔奇（Ter Borch）笔下常出现的音乐会更合适？在他们那儿，男人的关注默契着女人的低语,更别提那游走在角落里的小狗,像一个熟悉的灵魂。有时,又或是对话:这个望向镜中的女人与影子交谈;那个在读信的正和不在场的人交流;窗子里浇花的女佣则和外界沟通着。在肤浅的目光只能看到厨娘把锅坐在火上的地方,女主人正手举发光的杯子招待两个朋友(在她周围,泛着光泽的家具幽幽互映,水晶灯吊在大厅中央,玻璃一片望着另一片,除此之外还有其他的镜子:靠墙摆放的盘子和被凝固了的场景所充满的相框)。还有,我几乎忘了这位花边女工在枕套上一针一线的劳作,那丝线或许就是从命运女神不断为我们缠绕的线团上抽出来的吧。总之,我知道,这一切都与阿尼玛私下的运营有关,是发生在思想最深处的音乐、化学反应和兴趣的交易、关联与转换。是时候该有人来检查这想象图画背后的秘密脉动了,一如这位女病人无精打采地把手伸给面容模糊的医生,后者的手指就搭在她动脉上借以探测心脏的工作和起伏情况。或像眼下这幅画:黑暗的房间里只剩一个男人。他站在那儿。从四周升起愈来愈浓的昏暗包裹了他,直至肩膀,增加了身上那件宽大黑色外套的褶皱,从中竟露出一只戴了半截手套的手。

在我们津津乐道的作品和人名中有吉拉德·杜奥(Gérard Dou)、米里斯(Mieris)、博尔奇(Ter Borch)、梅祖(Metzu),当然,我不会忘了奥斯塔德(Van Ostade)和斯蒂恩

图 13　布鲁维尔,《吸烟的人》,1630 年

图 14　伦勃朗,《用餐的伦勃朗和萨斯奇雅》,1636 年

图 15　梅祖,《音乐爱好者》,1660 年

图 16　斯蒂恩,《生病的女人》,1645—1660 年

(Steen)们笔下那些人偶般的、有着胖拳头、大嘴巴和肥大鞋子的侏儒和小妖怪，以及那成捆的充血的脸和毫无节制的肚子。——但，还有个人物，我并不想说他是更"高"的，因为这里并不涉及到高大，而是更完美、稀有，或者，如果需要进一步形容，就得在其他语言里找合适的词了："eery"、"uncanny"。诸位等候多时，此人便是维米尔。相信此刻你们马上就会想到那如纹章般印入脑海、令人振奋的天蓝与澄黄吧，像阿拉伯半岛一样纯净！① 但在这儿我并不想讨论色彩问题，即便它们质地独特，相互的配合拿捏得又如此精准、冷静，以至于不像出自画笔而像精神的游戏。让我迷恋的是那单纯、纯洁、清澈得没有杂质的目光，它们在某种程度上像数学和天使一样简单、朴实，或者说像照片一样。但这又是怎样的照片！画家把自己隔绝在透视镜里捕捉外面的世界，得出的结果我们只能将其比为暗箱里的奇迹和达格雷银盘上的显像。他描绘那些人物的笔触比荷尔拜因(Holbein)的更加精准，因为他用的是太阳的光线。维米尔的作品有种与油画特质相对抗的东西，它们总闪烁着某种精神性的银色光芒，仿佛经过仙女的视网膜。通过这种净化的过程和在玻璃与锡的契约下实现的时

---

① "我也使你身穿绣花衣服，脚穿海狗皮鞋"，《以西结书》第十六章第十节。

间的静止,外在的世界秩序被导入了内在需求的天堂。似有一座天平在称量,上面的调子以同音异名的音符或以原子的精微在演变,每个线条、平面都被邀请进入到几何学的音乐中。我想到了那些以开盖羽管键琴形式出现的正方形和矩形构图,还有墙上的地图、微微打开的窗子、家具或天花板三面构成的角度、栅栏的平行条纹和石板地上的菱形,等等,特别是保存在海牙和阿姆斯特丹博物馆的这无与伦比的两幅:《代尔夫特小景》和《小巷》。第一幅中,梯形、三角形,排成一线的长屋顶与人字墙保持了耐人寻味的距离。清澈得几不真实的水面为距离感做了铺垫,单孔桥从中将水面分开,又拉开了画面的第三维。另一幅呢,垂线、曲线、开着和关着的门就这样以一种展览般的明确贴近我们眼前。一切建立在三个门的关系上,一个紧闭,一个敞向昏暗,中间的则深邃地通向不可见的世界。维米尔就像知道怎么交错轴线、隔开空间、在平面上表现丰满的体积一样,在如何寓点于线上他亦可堪称大师。再看这个(在卢浮宫的)专注在自己刺绣绷子上的花边女工,肩、头、双手手指的作业都集中在针尖一点,或者说集中在那只蓝色眼睛中间的瞳孔,那是整幅面容、整个人的凝聚之处,或者说,是所有精神的融合处,是心灵的灵光一现。

维米尔还有一幅画,现属纽约弗莱德萨姆藏品,它被人夺走应该是荷兰永远的遗憾。现在,在这次荷兰绘画的漫步

33

图 17　斯蒂恩,《小酒馆中的欢庆》

图 18 维米尔,《戴珍珠耳环的少女》,1677 年

图 19　维米尔,《代尔夫特小景》,1677 年

图 20　维米尔,《小巷》,1660 年

图 21　维米尔,《花边女工》,1664 年

中,我们要从直觉性的象征过度到对表相越发有意识地描绘了。我亦很乐意在这位世上最清晰、透明的画家,或者说,在这位对明确的沉思者的提示下走出这一步。这幅画的名字叫《福音寓言》。它表现的是一个坐着的妇女,所穿戴的服饰让人想到牟利罗(Murillo)的《圣母无原罪》。女人的身体半向后仰,眼望着上方,手放在心口,倚着一张铺得像祭坛一样的桌子。我们可以看到,桌上有本打开的书、一个十字架和一个圣杯形状的玻璃杯。女人的身后是一张表现耶稣受难的巨幅绘画。她的右脚踏在一个地球仪上,从屋顶又垂下另一个水晶球,地上有个被啃了一口后扔掉的苹果和一条被压在一本厚重书下的蛇,这本书或许就是能摧毁它的《圣经》吧。画面左边是我们在这位画家其他作品中也会发现的沉重帷帐,我猜想,这就像古时的幕布和约瑟夫的花色礼服一样,表现的是表象的遮蔽性。至于三个球体——被沉浸于理想高度的教堂驱使在脚下的大地、被浅尝后带罪的果实和头顶一心向往的完美透彻的真实,还有比它们的象征意义更容易解释的吗?而笔直的木质十字架,那是受难耶稣在这张祭坛上为我们留下的、现实的可佩戴之物,还有什么比这更让人感动?圣者不仅在这房间的深处,亦在一切的深处。

很遗憾,我没有时间讲另一幅属维也纳切宁家族收藏的画了,一位颇为滑稽的画家描绘了一个有些古怪的仙女,她戴

图 22 维米尔,《福音寓言》,1665 年

图 23　维米尔，《画室》，1672 年

着花环，拿着书和小号。

　　有个中国传说讲到，有位汉朝的官员一天在大雾中于山中迷路，忽见一个荒芜的石碑出现眼前，上面依稀可辨几个字："阴阳界"。阿姆斯特丹并不缺少这样的迷雾和混淆现实与梦幻、安居与眺望的蜿蜒河流，亦不缺乏警觉的画布倾倒给我们的面孔和它对一切的复制，只要我们俯身过去，也立刻被它转为幽灵，而我们永远走不出它的河岸。阴阳界！在博物馆玻璃和漆的神秘光泽中，当看到不牢固的现实遇到艺术在过去之窗中为我们凝固的肖像时，难道不会对这个词有新的感触吗？这些人像多么真实！多么会保持姿势！多么黏着在自身的延续上！就像法语中这个确切的说法讲的那样，他们构成了"在场证明"。但我觉得，他们并不仅仅"在场"，而是在"运用在场"：正是通过他们，我们与那个属于过去的、被阳光抛弃的世界建立起了有效的默契。我们自身有足够的过往可与和他们的混杂在一起，而我们应对自身存在的方式和画中亦并无不同：为了被授权拥有持久，要使用有限的时间，通过表达来深化面容。多亏了这些印迹，生者和死者之间的交易没有停止。无需翻阅那些约定俗成的相似和抽象的符号，在这些潮湿的嘴唇、被血色光亮起来的脸颊和停止生命却没有停止追问与回答的双眼背后，我们仍能感到默默产生、滋润并构成这一切的丰盈灵魂，它直接向我们的心灵询问，激发它们也进入对话。它把自己的面容展开了给别人。同样，在弗兰斯·哈尔斯（Frans Hals）的肖像画中，或者有时在贝克尔（Becker）和冯·德·赫尔斯特（Van der Helst）的作品里，我们也能感到某种空中的呼唤或灵魂的呼唤、某种精神的邀请和词语的散发。画中满溢出来的安全感不乏一丝幽默，那些过世的人、啤酒瓶、握着的吉他和被握着的哺乳妇女的手带着这种安全感，提前模拟了我们对自己真实性的确信。而当我们在防护玻璃上看到自己的眼和画中人重合时，又会感到某种不乏模糊的情感。很快，不只一张面容穿透昏暗升起在我们眼前，而是一群冥府的民众齐现。面容、态度相互交映，激活了他们曾共同分享的时间：或喧嚣在金色、花花绿绿的缎带和羽毛装饰中，或相反，肃然包裹在夜的衣袍里。这些人不抗拒召唤，古老的招牌仍能令他们聚集，如堆满钱的桌子，只要那不是幻觉盛宴的要素。像这样的杯子，活着的人可不会凑上唇去。一排排接待委员会和先于我们与坟墓相遇的先锋，或者不如称他们为退役军"后卫"，相继升起，持续一致地望向我们身后某个无法计算其远近的距离。对于这些坐着的逝者来说，他们的借口不仅有黄金、美酒和大地的果实。像诸位知道的，伦勃朗在海牙的这幅画中就没有酒和水果，而是一具尸体，也不是耶稣的，只是一具单纯、简单的尸体而已。在阿姆斯特丹的这幅则更过分：没有了心和内脏的胸腔大开拱门，

图 24　哈尔斯,《圣乔治军官们的聚餐》,1627 年

图 25　布雷,《圣吕克行会的会长们》,1627 年

手术医师一剪打开头颅,病人的面容和耶稣的并非没有相似之处。带着科学的眼光,医师试图在血红大脑的缠绕中找到路径。

在哈莱姆一家曾是收容院的小博物馆里,我们找到现在的弗兰斯·哈尔斯之家。也正是在那儿,我们感到无可抵御地被一种危险的魅力侵略,被一种说不清的倾向抓住并带着走,就像人生注定要走向一个结局。我们首先穿过德·布雷(De Bray)诚实、严肃的展览厅,然后进入另一间,一个挣脱开锁链的巨人喧嚣着迎接我们,几乎在迈过门槛前就能听到他的笑声。等待我们的不是围绕在巨人周围的小社会,而是嘈杂的人群,每个人都明显争抢着为展览争光,从自然赋予他绽放的面容中获得最大的意义。多少围巾、腰带!怎样的橙与蓝的搏斗!多少制服、羽毛、帽子、花边和丝绒,从中露出丰满的小腿和精美的手!所有这些叫喊着向你扑面而来,真是满堂喝彩。吆喝声从四面八方涌来,所有人同时讲话,每个人都试图挤到前排。为了确保地位,丝毫不惜色彩与才华。这是被同时能泼溅出长号和调料的双手画出的!让我们再往远走点。

很快别有洞天。多大的转变!仪仗队士官长的粗犷和卫兵们的哄闹彻底结束了。这里不再是打闹的大孩子,而是拿意见的负责人。画家解雇了所有轻佻的元素,只在画板上保留黑白。弗兰斯·哈尔斯的黑色和白色不是对光与阴影的轮流否定,而是积极的肯定,他分别强调了它们的物质品质。在我面前的这幅画,从侧面贯串它的光线上有四个花环:帽子、脸、衣领和手。核心人物背对我们,我们只能看到他的侧面。而这位在桌子另一端舒服的摸着胃部的同志,如果说我们能全然掌握他那肥胖身材的无谓臃肿,那么他一眼在明、一眼在暗的目光却抛开我们进入了某个秘密的交谈。

　　再穿过一道门,在最后这间展厅的中间停住,我们的心一下缩紧。两个相对的画框,挂在比葬礼的帷帐还要漆黑的背景上,真不知看我们的究竟是活人还是死人。一幅画表现的是办公的男理事,另一幅是女理事。鼓起勇气直面这五位恐怖女士的审视,就会不可避免的感到背后那六位毫无血色的关注,他们被探索冥界的勇士精心的摆放在那儿。无论在戈雅(Goya)还是在格列柯(Greco)那儿都没有这样令人惊恐的精妙手笔,因为地狱本身并没有过渡状态更让人恐惧……一切都被清算,桌上没有钱了,只有这本彻底合上的书,封皮泛着骨的微光,书脊像炭一样火红。坐在桌脚的第一位女士算是这里最让我们安心的了,她斜视着,张开的手足以解释另一只紧握着的手的含义:"看吧,一切都结束了!"至于其他那四只吸血鬼……还是先避开给主席递名单的那位吧,上面说不定有我们的名字。头巾和袖口把这几位间隔开来,加重了审判的意味。我们仿佛面临一个女性审判团,而它却不是在十字架前开庭,而是在一幅

图 26 哈尔斯,《养老院的女理事》,1664 年

图 27 哈尔斯,《养老院的男理事》,1664 年

表现冥河昏黑之岸的画前。够了,如果能成功转移注意力的话,我们要琢磨的也不是这位! 她把骨瘦如柴的手放在膝上,眼神冰冷,嘴唇紧闭,肘部放在我们刚才说过的那本书上。至于中间戴着手套,故作姿态的拿着扇子的主席,这位质地皂化的人物带着一丝尖锐的微笑,提示我们现在可是在同一丝不苟的公义——虚无——打交道。而左边的陪审员传达了与她一致的信息:她双拳坚定的放在桌面上,脸上两个黑黑的轨道将通向灵魂。这五个人仿佛一具躯体。用什么来形容她们身上发出的磷光和头上这吸血鬼般的光环呢? 如果要我一试的话,我真想说,那就像一个正在解体的灵魂。

现在是时候转过来看看我们身后这六位墓畔的先生了。中间也有一位,保持着转身的姿态,既转向他的同伴,也转向我们。他一手叉腰,像在提醒我们,一手按着胸膛,证实那已不再跳动的心脏。他好客的神情里不乏一丝悲伤的和蔼,呼应了右上角那位老人客气中带的嘲讽。后者,就像对面和他们外联的、多嘴的女同事那样,悄悄的拿着我们的名字。这一组人排成一个长三角形,其中又可分两个,一个稍拉长,一个堆高。最左面开始的那位裹在一件巨大的黑暗外套里①,作

---

①　还有帽子! 我本该在这儿给这些夜航的黑鸟写一句话,它们的展翅使整个荷兰绘画空气流通。那是我们产生的阴影,是我们自身隐蔽的昏暗在我们的前额一直存在。

为书的守护者,在威胁的眼神下,他在侧面随时保证支援:他左手放在合着的书面上,右手伸入书页,指示其中秘密的索引。接下来构图上升、扩展到画面右侧,直至完成一个由衬衣、围领、深色布料和帽子构成的光影交错的建筑,其凝固感被旁边那两张面具般的脸所证实。它们毫无表情,与其说是被画家的手艺凝固,不如说更像得益于防腐剂的功能。一个是脑充血的酒鬼的躯壳,显然是刚刚被人从某个破地儿的杆子上解救下来,好歹给戴上了一顶毡帽。另一个在聚光下的是个空壳木偶,除了额前缝着黑色的塔形帽毫无生气。帽子两边挂着已褪色的、不属于他的劣质假发,再有就是同样不属于他的膝盖,那刺眼红色的效果像是在这黑暗聚集的地方点燃了一个炮仗。二号人物带着操持的神色也转身面向我们,似乎在说,是为了我们好,才让他尊贵旅客的枢车在此稍作停留。

这就是强壮的弗兰斯·哈尔斯最后的作品。这位活泼善于调节气氛的画家在八十岁的时候喜欢描绘喧闹的群像。

我认为,我们有必要也用专业而质朴的手来感受这种颤动,这样才能体会到荷兰并不像一些浮夸的观察家乐于重复的那样,是一个字面意义上的资产阶级气的、缺乏诗意的国家。相反,在表象之下,这里的土地最不坚实,现实和映像通过最细软的血管在这里水乳交融,画家们在此捕捉时间的内容却不惊扰它的运行,艺术在这里亦非转换自然,而是经由某种无声的渗透将其缓慢吸收。在这儿,似乎所有的一切都在经受耐心的研磨。

"阴阳界"!没有一个国度比这里更容易穿越。乃至这已不是我早该划出的、法式的清晰与牢固的"界限"了,说它是连接点,或者一种连接与混合的能力更为合适。我们身处的荷兰是为人海做的准备,是对起伏大地的平复,是对视野平面直至极限的泛化,是草为水做的提前安排。但似乎我也不该急着提前说出这个看法:荷兰的艺术事业就是将现实液体化。在所有现实生活提供给它的节目中,它都添加了寂静这一元素。寂静,让人读懂,至少让人侧耳聆听心灵和那些仅凭共存与渗透就能在事物间产生的、超出逻辑的对话;寂静,让万物挣脱时刻的束缚,在本质中洗净自身;寂静,只用概括性的一眼,便让万物在釉彩中凝结成关联,架空了消逝的权力。现在诸位应明白,为何我在一开始就建议参观博物馆的人要有和眼睛一样警觉的耳朵了。视觉往往主动认可,用智识去占领,而听觉则是接收性的。

这也是为什么当我在思绪中加入阿姆斯特丹这个城市时,我用的不是它的铁路、飞机和汽车。如果说确实是经由了一条俗世的路径我才被带来这里,那么它早已被我的不经意和这弥漫的雾抹去了。现在,我前行在蜿蜒古老的中心城区,

身处一条小船之上,于水面无声中荡起思想的船桨,亲身参与
这由虚生实,将无垠大海无尽婉转直至城市腹地的过程;感受
着这有弹性的、柔软、颤动着的、不再只是对色彩敏感的物质
和它本自具有的、能揭开一切事物表象的特性;还有这倒映的
目光,在永恒与偶然之间循环往复;还有这回响,借此,存在的
一切转化为了一切存在的思想。我漂流在这样的幻觉中:拱
桥变成了圆圆的眼睛。我的眼也被左右平行的两岸吸引,等
待侧面开口处可能的出现。于是,在方形棱角的阳光中,在薄
雾笼罩下的运河尽头,它就这样静悄悄的、突然的出现了! 一
条船! 水面上慵懒的水花和层层微弱的细纹告诉我:身后是
人类的大动脉,阿姆斯特尔①。

　　此时,不知在哪儿看来的一句诗在记忆里出没:"人们胸
膛深处的水,涨到同一个水平线。"现在,我要发掘的就是可见
与不可见之间普遍的水平线和界面,还有这如画布般空闲的
状态,可让任何事物在此投射、再现。平日,多少人俯身向这
水面却熟视无睹,只有当它在灰尘或垃圾的粗重搅扰下泛起
微澜才有所觉察! 若论来这里汲水,尼古拉斯·玛斯
(Nicolas Maes)笔下的那些老妇人更深谙门道。这位(在白金
汉宫的)将一只手指放在唇上,下了楼梯:她可不是拉斐尔前

---

　　① 城市之名起源于经由它的阿姆斯特尔运河。——译注

派笔下的仙女,也不是给我们这代文人以灵感的"传奇公主",她只是个做事的女仆,不乏俗气,却因此在我看来更令人感动。她就是阿尼玛呀,腰间系着围裙,在日复一日的家务活里忙碌(在另一幅画中,她还责备那个为了打碎花瓶而哭泣的女佣呢)。现在,她走进地窖,跨着一篮子酒,当从前我还是个孩子时也是这样跟着父亲的。更低处还有一小幅画,她正提起古旧的木桶汲水,油灯无声的火苗和从窗子透入的光线相互交融。我也曾在地下室摆弄过这些活儿呀。(在布鲁塞尔的两幅画中,)光秃秃的墙上明晃晃地挂着一把钥匙,我知道它是用来开哪扇门的。是康斯坦斯的琼浆,是神学,是从头顶灵光到案上的文思泉涌,是从合着的书到打开的《圣经》直至膝上我个人的手稿,一切终归不过是同样的工作:在沉寂中冥思、澄清。帕拉斯(Pallas)半身像旁的水阀,如果不是漏斗的话,正是这类工作最好的象征。尼古拉斯·玛斯一会儿让她出现在纺车旁,一会儿让她削苹果,一会儿又在一侧给她放个绣花棚子来象征阐释学那令人精疲力竭的缠绕。这些都是阿尼玛。古时的她,像如今在餐桌前闭眼祈祷的她一样,庄重肃穆。

莱登一个磨坊主的儿子就这样来到阿尼玛的城堡住下。它坐落在犹太人中间,在中世纪转型期的杂物仓库和旧货堆里,在变迁、重置的世道中,在堆得乱七八糟的推车上。而它

图 28　玛斯,《女仆》,又名《守不住秘密的耳朵》,1656—1657 年

图 29　玛斯,《偷懒的女仆》,1655 年

的客人鼻头圆肿,大大的眼眶深处有双贪心的眼睛,还有一对双耳杯一样贪婪的耳朵(在这个人丰满的长相里,到处都是眼睛,即便是饱满的双颊间那张为了抢食饕餮的嘴巴①)。时至今日我们还可以参观他的炼金实验室和他对光线的捕捉(其他的画家使用光,伦勃朗则制造光。他能从事物内部取到自己需要的东西,他操控光线就像他的父亲能截断转动风车的流水那样)。在他的这间工作室里,纸张随着绞盘的叫声被印在铜版上,所用的不像是墨,更像是这独具质感的阿姆斯特丹的夜色。百叶窗敞向宝贵又吝啬的一天,随风敲击出乐声。对我们来说,这个渊博的洞穴今日仍然闪耀着殊荣。但我要说的不是伦勃朗,跨越他这道门槛的时机还不成熟。方才的一切要导入的主题是我继众多研究者后试图对《夜巡》做的阐释。现在,请给我一点时间打开幕布,把思索的目光引向这间在我左右展开非凡视野的画廊,直至停在这幅正方形画的面前。

我的笔,对作家来说它往往是思想的照明器,刚刚写下了"幕布"这个词。但如果说在我们和外部世界之间,画家(普遍意义上的)有意掀开什么遮蔽物的话,这种说法似乎并不正

---

① 参见慕尼黑绘画馆的那幅自画像。伦勃朗一生都在不断探寻自己的面容。

确。他更像是固定了布的四个角让它不再浮动,让眼睛茫然的视野转换成一张纸或一块清晰有界限的木板,然后在上面投射他对某个整体的心智观感和为了追求某种效果而安排的布局,画面上的东西因为不同元素间的关联成为了某种意义或演出,值得我们花时间去凝视。

意大利绘画完全来自于镶嵌画和壁画,是墙壁的装饰,是平面化、色彩化的浅浮雕。在教堂或宫殿的墙上,艺术家围绕宗教、神话或历史提供的主题,除了偶尔受约定俗成的修辞制约,总是遵循着某种戏剧化的启示,搭出歌剧般嘹亮的大框架。人体被勇敢地用在一系列高贵的可能上,裸露和褶皱的布匹所能提供的一切加强了雄辩的姿态。画家的刷子,我本想说抹子,堪与雕塑家的凿子媲美,在巨幅表面上涂绘着这些可能,在各式尖形与筒形的拱顶上为它们戴上花冠。西斯廷教堂圆顶上的米歇尔天使、威尼斯丁托列托(Tintoret)的巨制都尽情享用着这些。熟练的画工眨眼间便可从这整体中分出片段和篇幅,将其提取出来并分隔在画框里。于是,展览开始了。每个人都有一块儿可以施展才能的画毯。各类圣徒、英雄、着装或裸露着的妇女纷至沓来。后面的自然风光或建筑物被当作背景对待,与这些从世俗或神圣队伍中借来的表演相脱离。对于这些画家来说,重要的是向我们展示一些东西,首先便是他们的才干。

弗拉芒画派与意大利绘画的相似点在于它也以美化眼前的事物为己任,通过使用鲜花之类的可看之物让我们不再觊觎他处。这些设计的出现使房屋的居住者,或者说使其"内盛物"与物质性的容器达成了默契。挂一些虚构却持久的装饰使这些墙壁围成的空间变得宜于居住。但就像意大利画脱胎于墙和石灰涂料,弗拉芒画的源头是纺织用的毛线。很快,代替古阿拉斯壁毯上飘荡的硕叶和缤纷集会的是士兵、哨兵、各种人物肖像乃至我们的亲友团:过去的先人、大师和一些临时的精神寄托,如堆积的花朵、野味和果实。当外面天气不好的时候,眼睛便被邀请来此赴宴。我们可勉强将这些与鲁本斯(Rubens)、乔登斯(Jordaens)笔下的酒神和那些肉体像六月玫瑰般清新的女人区分开。此时,画不再是笔尖在一个坚实材料上戳戳点点得来的作品,也不再是由音量协调的有力手掌与有韵律的动作之间的连贯与过渡构成。画首先来自于内心的膨胀、骨髓的伸张、纤维的饱胀,之后才有血液和糖透过包裹肌肤的软组织和植物与人的表皮油脂显现出来。在这些肖像人物面前,我们可以感到水几乎就要从他们的眼角和嘴角滴出来,而青色的静脉将渗出血来。即使在涉及神圣主题的绘画中,表现的也不再是盛典的构图布局,而是向一个共同的表情推动,以一种出自集体的情感发声,就像露天盛会节和瞻礼节的绞刑架、宗教游行和表演舞台向刽子手和人群发出邀请那样。群众演员取代了一动不动的人像模特，他不再关注我们，他在倾听画框内部的声音。

因此，回到荷兰艺术这个话题，伦勃朗并不像弗罗芒主观想象的那样，是一个例外，而是一种成功的深化。不知这样讲是否过于冒险：如果说意大利绘画是从墙出发、弗拉芒绘画是从羊毛出发的话，那么，荷兰绘画则是从水出发，更确切地说，它来自于纯净、凝结的水和它的最终形态——镜子，那银色上的玻璃。之前我已多次向诸位暗示了这反窥视镜的作用，如吉拉德·杜奥（Gérard Dou）、米尔斯（Mieris）、博尔奇（Ter Borch）细致入微，有着照相品质的眼睛，还有维米尔呢？他把世相吸收到如意识般不折不扣的透镜中，紧缩、集中地构图。人与物之间是如此熟稔以致不想分开。而且，它们在意的往往不是我们，而是画内部的某处。不是它们走向我们，而是我们被吸引过去，自动走入霍贝玛（Hobbéma）那条凹向深处的小路，只是无需向卡戎①付买路钱，放在哈莱姆那五个女理事的桌上罢了。

在艺术史上，这是个重大的日子。绘画从此不再是仪式性和装饰性的，而是不带任何先入之见，开始关注思想性的对象，把复杂的情感或者说同时涌现的语句汇编成集。通过这

---

① 卡戎，地狱冥河的渡者，鬼魂需付钱方能上船。——译注

图 30　杜奥,《在梳妆的女人》,1667 年

图 31　米尔斯,《镜子前的女人》,1662 年

图 32　博尔奇，《照镜子的女人》，1652 年

些线条和颜色的语句，万物在互相渗透中开始释放出意义。荷兰艺术家不是在已有构想上按部就班执行创作的意志化身，而是筛选着的眼睛、描绘着的镜子、一切都是反映/反思（réflexion）的结果，是从底片到透镜娴熟的曝光，而展示在我们眼前的人物就像是从锡贡的国度旅行归来。这些阴影的递进、焦点周围的浓淡安排、对某个细节模糊或精细的处理与画家的着力点和关注点是一致的。像这个组织了整个画面的亮点，就不可思议地在它周围唤醒了光的各种闪烁、减弱、反射与回响。而这种重视空白和纯净的空间，让事物于寂静的烘托中攫取人们视线的做法，伦勃朗不是唯一发明和使用它的人。知道用光，我想说，从背后照入，为画注入灵魂并让人物的目光与之交映，在照亮面容的同时起到画龙点睛作用的，他同样不是第一个也不是唯一的一个。但当别人还在小心翼翼尝试的时候，他已经以一个大师的权威挥洒自如了。所有我们周围的这些肖像不是历史学家或道德家钻研出来的人的资料，而是一群与黑夜相熟又重新走向我们的男女。夜色浓重处，他们未被推远而是停下脚步。沐浴着记忆的光泽，他们逐渐苏醒。他们的出现是为了在艺术家的内心唤起回响，就像在大自然腹部深处一样，那里沉睡着创造与再创造的力量。于是，这些踏上寂灭之路的人们又折返回来，最终成功地实现了我们那弱小的记忆力试图实现的东西。他们重塑并抽取出了这幅肖像,即根据不同情况和角色盖上了个性印记的、隐逸于日常的上帝的形象。

由此,伦勃朗的油画和版画才会散发这样一种特殊的氛围:遐思、半梦半醒的、幽僻而沉静;像是腐蚀着的黑夜,又像是被这黑暗酸化的人的精神,而如今这侵蚀仍旧在我们眼前无限地持续。这位伟大荷兰人的艺术既非是对即时肯定的临摹,亦非是想象在现实中的突然涌现;既非感官的盛宴,亦非某个欢乐而灿烂时刻的延续;它不再是观看现时,而是邀请人们回忆。在超乎表面和当下、无限持续的、与其说是消逝于画框不如说是消逝于振荡的旅行中,画家与模特们的每个动作、姿态还有自己与他们达成的每一个安排结伴同行。感受唤醒了回忆,而回忆纷至沓来、震荡记忆重叠的地层,在自己的周围又召集了其他的画面。

经历了这些深入的旅行后,伦勃朗的人物披着奇怪的表皮归来,变得不同了。似乎他们乐于穿着不属于自己的衣服,刻意与想象中的时刻和形象相混淆来误导我们。此时,阿尼玛已不是我们刚才在尼古拉斯·玛斯画中欣赏的贤妻良母,她正撩起短裙,涉水穿过忘川。看,她或戴着有羽毛装饰的帽子,或头顶银色的头盔,或手里拿着剑,正要割断赫尔弗尼(Holopherne)的脖子! 如果说艺术领域里也有"新约"和"旧约",即一边是人物以及种种形式、存在物和想法的"生鲜"素材,我说"生鲜",原本是想说它们还是青嫩的,刚从现实中剥离,还在流血和叫喊;而另一边则相反,是精神照耀下储藏的物质和深不见底的仓库,像耶路撒冷圣殿的底座一样,过去所定制的标准和象征体系继续在岁月中研磨。时间在生者的阳光下继续流淌着隐蔽的关系,而它们以同样的方式和时间之书的每个时刻对话,被赋予新的意义。我们的光影之子是在后一个领域寻找灵感,这就是为什么已然湮没在远古又被今人不断发掘其文字和旧物的犹太人种会对他产生影响。他只需透过门上的"犹大之孔"①来窥视,就能穿越到亚伯拉罕和拉班的时代:在他周围,到处都能闻到这种气息,使法老的马长嘶的"foetor judaicus"——"犹太人的恶臭"。当发动机的粗管,我指的是他脸部中间的粗大鼻子,开始启动、呼吸,大张向手头的工作时,他刺向版画的笔尖和古时誊写人手握的武器一样自信。他背后的那只眼,每个艺术家都有,听到的不是身后大港口或商行的烹炸与叫喊,不是亨德莉克(Hendryk)在顶楼沉重的脚步,也不是被第一个妻子留下的蒂托斯(Titus)的咳嗽打断的尖锐歌声,而是他从年迈犹太教士心中捕捉到的、对那显圣山巅处无法言喻居所的惊叹与渴望。看那

---

① "Judas",既指背叛耶稣的门徒,也有墙上或门上的窥视孔之意。克洛岱尔在这里一语双关。——译注

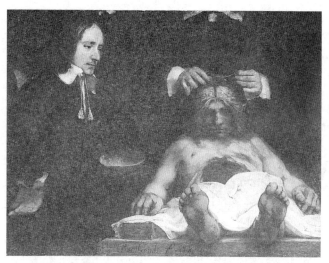

图 33　伦勃朗,《约翰·德曼医生的解剖课》,1656 年

边,在最后一层台阶上,在瀑布般顺势而下的建筑群中,大祭司像沐浴着第一缕晨光的松树一样,头戴闪闪发光、镶嵌珠宝的金色三重冕,把赤裸的婴孩交到伊支湾一位船妇手中。在远方,我们能看到矗立着《出埃及记》中的两位向导与见证:贾西姆和波兹两根圆柱。

　　真相在画的内部,而我们需要钻研才能深入:不论是这本孟诺派教士双手捧着的、请他的信徒(那位坐着的胖女人)来读的厚重书籍,还是教授的解剖刀刀尖指向的摘除了内脏的躯体,还是众人环绕耶稣摇篮的拿撒勒木工的作坊,抑或是这上帝为人强制安排的敞开的坟墓,还有这只正高举着讨还盟友的、曾创造了世界的右手。但在伦勃朗的画前,不论我们站在哪里,都不会有恒久和终极的感觉。他的作品更像是一种短暂的实现、一个现象的出现、一种奇迹般夺回的过去:幕布刚掀起一角就要放下,映像隐没,光线轻微扭转就能抹灭幻觉:那个观望的人刚才还在那儿,一会又消失不见。我们只能勉强能在擘饼的瞬间辨认出他,或者,如果说他在这奇迹显现的庄严时刻还在那儿的话,我们更想说那是一种存活。这和我曾与诸位提到的潮汐现象,与这激活荷兰的、转换着的生命力,与如此盈满以致让我们觉得它就要全方位退散的状态有相通之处。但在伦勃朗那儿并不涉及这片充实我们肌理并渗入我们身体的水。对他来说,光才是元气之液,同时也是支持之物和思想的挥发。他是多么喜欢光,又是多么懂得它的变换和意蕴啊!空中的屏幕开开合合,斜照的光线前来拜访我们的心房和反射或反思之宅,跑遍各处探索它们。古埃及人和古希腊人在持久不息的水波与智慧的显现中,隔着神圣的距离,以裸露、流畅的形式建立起与诸神的对话。伦勃朗则是光的大师、目光的大师,在他的掌握下,眼神与其说照亮,不如说更多地在耐心邀请人与物加入对应的活动,一切都在目光下获得生命,开始高高低低地讲起话来。关于这内外之间的交流,我想举三个例子:

第一个例子是著名的西克斯市长的肖像。像诸位知道的那样，它表现的是一个正倚在窗边读书的人。我从中仿佛看到画家自己的样子：同时属于两个世界，内部和外部，并依靠着现实来解码天书。第二幅是我们在法兰克福的博物馆看到的、表现参孙被非利士人制服的画。参孙倒在地上，四脚朝天，被一个穿铁甲的士兵紧紧抓住，旁边有个相貌滑稽的小喽啰，不乏畏惧地用戟恐吓他。我们大可从这幅画里看到一位天才是如何被债主和批评家所击败的。可这位逃向明亮出口的女人是谁？她手里的浓密金色卷发是从这受主眷顾的额头上抢来的吗？她是大利拉，还是我们一会儿将在《夜巡》中看到的那个奇怪仙女？又难道不会是美惠女神，从某个原本骄傲、现在却有所收敛的艺术家的浓密头上抓一把可献祭用的头茬收成？第三幅是幽居中的达娜厄。她用大幅度动作把被单掀开，向报信的阳光敞开自己的面容和光裸的腹部，整个身体都在准备受孕。

　　我们用迟疑而快速的脚步参观了这令人惊叹的画廊，走入中心沙龙。它被一幅巨制独占，其名《夜巡》。就是它，横穿整个荷兰，占据了阿姆斯特丹的中心，也占据了黄金时代所有绘画的核心。很久以前，自从读了弗罗芒那本极有魅力的书，我就决意来一睹风采。

　　一见之下，当我们再睁开眼，从这心灵幽居处累积着浓重

图 34　伦勃朗,《阅读中的西克斯市长》,1641 年

图 35　伦勃朗,《被非利士捉住的参孙》,1636 年

图 36　伦勃朗,《达娜厄》,1636 年

金色的醇厚震撼中,从这净化提纯后变得像可见思想的光线中,从这精神的风箱运动中回过神来时,马上打动我们的是画面的构图。两个主要人物,一个是巡督,一身黑衣斜披红色肩带;另一个,他穿着什么呢?他们俩带领着身后所有人,可他们自己的脚几乎已经踏到画框上了!再走一步,老兵正这样鼓励他身边洒满光线的同伴。他们从身后的大门走出,好像曾经由那儿去过不可见的领域。而他们身后那些全副武装,警觉的挥舞着各种器械的人也不是无缘无故在那儿的,他们难道不也是要开步走吗?当然!从前至后,画家为这酝酿中的动作安排好了细腻的层次,连我们也似乎在模仿这微妙的平衡,一脚踏出,另一脚的脚踝已然准备随目光而动。旗已展开,鼓已敲响,或就要敲响,甚至于我们好像还听见了枪声。那大概就是这个古怪的小个子开的吧。他穿着多么奇怪的衣服!帽子上缠了一圈树叶是什么意思?他身旁那个小妇人,腰带上倒挂着白色的小鸟,被光线照亮得像一盏灯,让整个画面都亮了起来。她摆出奇怪的表情之后才走向我们,很明显,她是在埋怨,好像有什么要向我们解释。这两个人为什么倒着走,和画面的整体趋势相反呢?应该不是想阻止这么一大群人走下来,而是也加入其中:或者说他们是想保障那里的空隙。他们屈身用力,和背景中某人举着的长戟方向一致。这个空隙确定了画面右边的两个三角形。当我们注意观察时,能注意到整个构图是有四个三角构成。第一个在最前面的三角形扣在其他三个之上，如果用纹章学的语言来说，它们构成了"纹心结构"。并且在各个单位周边，还有一整套起到辅助作用的平行的刀剑。这一切都意味着什么呢？

无需于外在的枝节中寻找解释。和大自然的造化一样，每个伟大的艺术作品，都遵循一种内在的需求，而艺术家对此多少有所感觉。解剖学家在其他物种中寻找我们精神现象简化的解释，但所探究的样本只会给出一个令他困窘的表示。那么，研究一下我们尚未提及的一类看似和现在主题不相干的绘画也会收获一些奇怪的提示，而它们或许也有效。

我想说的是静物。

刚才我邀请诸位一起参观弗拉芒绘画中的静物画。斯尼德尔（Snyders）和菲特（Fyt）的作品是一群鱼肉果蔬的堆积，既让人饱眼福又让人饱口福。而像布鲁塞尔博物馆里赫姆（Heem）的那些战利品，则是从一大碗在甜瓜、葡萄、石榴中的桃子开始，然后沿着各种枝蔓向上，直至那一只盛满甘露的水晶杯。荷兰的静物画没有这种丰盛奢侈的特点。当我们长久注视克拉斯（Claesz）、赫达（Heda）、范·贝耶伦（Van Bejeren）和威廉·卡尔夫（Willem Kalff）的作品并给予其应有的关注时，不可能不惊讶于它们单调的主题、构图和画家对安于某个程式的坚持。我们不禁要问，这种自我局限，或者说这种爱

图 37　克拉斯,《静物》,1643 年

图 38　赫姆,《静物》,1640 年

好,是否仅仅出于偶然或循规蹈矩,抑或其背后并没有什么隐藏的原因? 而我们在这些画上究竟又看到了什么? 在表现平静的态度上,这些画可谓精品,而且它们更像是一种对灵魂的修复而非是针对我们身体的想象。画面上几乎总是面包、酒和鱼,即圣餐的材料。经常也会看到一个切成两半的柠檬,或有时被削了一半皮,螺旋着垂在外侧,还有个放在桌脚的真珠贝壳,这显得它既孤单又重要。还有所有这些运动中的碗碟,相互交流着自己盛的珍宝。至于构图,不难发现都是一样。总有一个稳定、静止的背景,前面则是处于不平衡状态的各种物体,几乎要掉下来。或是一张舒展中的餐巾或桌布、一把脱落的刀鞘、切成一片片的圆面包、打翻了的杯子、各种摇摇晃晃的花瓶、水果和盘子。但在画面深处或食品堆的上端,我们总能看到透明的像是祭品的东西,那些叠放着的漂亮的玻璃器皿,现在在国家博物馆的架子上还能看到类似的样品。在我看来,它们在此的作用并非是简单的装饰,也不像在米里斯(Mieris)和吉拉德·杜奥(Gérard Dou)的作品中那样,是用来捕捉内部光线,像封闭环境中的意识——镜子那样起到显像作用,它们是某些东西的象征。像笛子一样的长玻璃杯、大圣餐杯,再在此之后往往还有个椭圆形的盘子,为什么不想着这种固定关系的背后不是没有任何意图呢? 大玻璃杯中平稳的液体难道不是休憩中的思想吗? 水平线是枯水期时的精神;

74

而这藏在暗处、装满淡红色琼浆的细锥形瓶，往往被瞬间的闪亮所暴露，马拉美或许和我一样，马上就会在其中看到对后世的馈赠。但正是背景上道德性的静止和一排几乎在半空中的见证为前方所有这些炫目的物质赋予了意义。荷兰的静物画是一种正在瓦解中的布置，是煎熬中的事物仍有的一段维持时间。如果说克拉斯总喜欢在茶盘边放手表，和表盘一样被切成两半的柠檬仍不足以提示这些的话，在垂着的水果皮上怎能看不出松懈的时间发条？而高处恢复了发条上紧状态的贝壳螺旋正提醒着我们，旁边在宾客中传递着的酒则给人一种永恒的情感。

　　一种处在瓦解中的布置，可不，《夜巡》的全部解释就在这里。整个构图从前到后都遵循这个原则，即一种越来越快的运动，像崩塌的沙丘一般。最前排的人方迈开步，第二排已伸出脚，最后方的则已开始目测要走的路，边上的哲学家指出了方向。正像微小的颗粒容易飞扬一样，右边背着火药壶的小子和左边的小狗已经开始跑了。队长手里的长矛和刚才杯中的酒（代表一种摆动的力量）和柠檬皮（对活跃画面的整个运动是一种潜在的平衡与调节）起到了同样的作用。第二排三个穿着红制服的火枪手，一个端着武器，另一个好像藏在长官身后，看得出是为了即将来临的事紧张，显然，有一定危险。还有这个发光的仙女，腰带上挂一只鸽子，像是送国书的使者,怎能不让我们浮想联翩? 而她前面那个带着面具的伙伴已然在这群去冒险的骑士中拨开了一条向内的路。他上方那位在明处的绅士则穿着海蓝色衣服,自豪地举起红黑条相间的旗子。背景上,在幽暗大门厚重装饰那儿出现的是一动不动的后卫,他们比前面成排前进的同伴们高出一头,正观察、预测着将来:是为了早点触及所以他们才拿着长长的矛吧! 头盔、护喉、披肩、绸衣闪闪发光,直到那顶最高的帽子,帽檐下的人有些滑稽可笑,像个灯塔或观测台。很快,欣赏画的人

图39　伦勃朗,《夜巡》,1642年

好像也要变成画中人,整装待发,敲响锣鼓了,这从梦的最幽深处中借来的一页充满了奇怪的静默之声:鼓声、狗吠、队长呼之欲出的话、右边人的眼神交流,枪声,还有预发的枪声,左边的士兵正认真地上子弹呢。出发了!

　　出发了。(是的,过去我们就是这样出发!)是去征服世界吗? 还是这两位一明一暗的长官要带这群怪人去大海探险? 是去荷兰这个大海的入口? 还是去阿姆斯特丹的士兵、水手和商人预备去对话的天涯海岸? 过去之手把它们指给未来看,仿佛在说:这就是我们将要完成的! 又或者是他们想停靠在那些需经由印度和中国的大而丰饶的岛屿上? 有可能。辉煌一时的巴塔维亚炮舰也停在那里。事实上,这幅因研究解构而成为绘画史上独一无二结构的画还可以有另一种解释:它是精神的一页,是聚精会神中的思想在灵光一现时的惊讶,是一个缺口的打开导致了全局震动。愿望已动身,智慧已摘去手套,用有力的创造之手绘制了计划,而阳光之子领会并跟随,谨慎在后支持行动,批评力互相对望,彼此解释,一阵喧哗填满了这即将分蜂的蜂箱。最深处,在码头旗帜的阴影下,思想之风即将吹起,一只手,像随风飘扬的船帆决定全局,盯着眼前的事业。的确,有所出现。那是所有这些站在画前还没下定决心的人,是我们身上那仍能思考、回忆、参照、坚持和拥有直觉的部分。这平静、清澈的目光和远方的地平线建立了必然的默契。还有这么一个人，手里拿着木棒，专心在等愿者上钩！出发了！带上所有的武器，随便扣上顶不管什么样的帽子，想象的所有职员开始出发，去征服那还不存在的东西。左下角那可笑的小矮人儿，负责号角，负责前沿，他跑得最快！

附:四月的荷兰

有些月份是静止的。每日里同样的雨阻人出门。冬天的夜与昼,让我们反复在心中凝结又烘烤着对热月①持久的印象,那顽固的灿烂,在庄稼成熟与葡萄时节之间。可四月一点都不是这样! 小孩儿随便绽露天真的微笑,随即将有泪花和脾气的危险,少见的炙热阳光好似笨拙的安慰,可带着冰雹出鞘的阵雨突然一口唾沫吐在脸上——然后,一秒之间,大地完成了奇迹,带着一起绽放的所有花朵,为着正在远离的枯寂感谢上帝。——大功告成! 骤如弹指般,四月溜走了! 五月已开始,像一张被爱慕着的脸庞,经过太久的考虑,逐渐显露柔和的心意。

---

① 法兰西共和历的第 11 月,相当于公历 7 月中至 8 月中旬。——译注

痴心于逃逸、脱俗和瞬间，我选择此时来荷兰，轻悄像踮着脚尖，在此小游一番。

绝非众人朝拜的名胜，亦非哈尔姆（Harlem）为花神在绿色宽台上铺开的、点缀着风车的紫红与金色的奢侈桌布，我不是来郁金香丛里打滚儿的，而是铁路边上这簇毛茛，盛开得像既慌张又想笑出来的小姑娘，与我有约。是，我有感觉，就是为了她们我才买票来此，就是这胖胖的嫩脸一般前来相迎。

西风不负海神之托照顾了我，在鹿特丹港口卸下咸味的大雨。这期间就听从这碰巧打开的门与门上铜牌的邀请吧，更让我无法抗拒的是里面有股亚洲的气息——啊，亚洲，我何曾真的离开你？

这是马来群岛博物馆。现在我完全置身于玻璃柜中间，这熟悉而又新鲜的世界，我曾与它擦身而过。柜面映出一个憔悴的探险家的脸，那是过去的我。这里涉及的是一些大岛和上千个小岛。从澳大利亚腰花这道大菜到冷盘爪哇，旧大陆的曲折之笔被一直伸到赤道。在还没上楼看到中国的盛宴前，右边这些暂且放下。这儿真是个大拼盘！从孔夫子到喇嘛，从神道教到波利尼西亚和巴布亚的原始风情，分散的盘碟和茶托构成一种奇怪的混搭。这边是纯粹的印度风情，有长着胡子、骑着金翅鸟的喇嘛；那边别致细心的日常装饰像出自水手慢条斯理的手指，而我从中认出了日本。若论刀与刀柄的咬合,马来人波刃剑的火焰一点不比严肃的武士刀工艺差。再往前,东帝汶、新几内亚、婆罗洲的面具和服装可谓鬼思怪想,就差平移到非洲了;从堪察加半岛到塔斯马尼亚陆地,平底帆船、独木舟并行成排。我又花了两刻钟饱览了满满一层最好玩的水上用具。所有这些,像刚才那盘从印尼料理学来的热乎乎的炖菜,从眼进入了胃里。现在我虽腹中饱胀,却仍兴致盎然。天晴了!穿过这仙女出浴般的乡村,我们不期然抓到她无辜的现行;穿过这像鲜黄油般清香的美景,去代尔夫特!

人们告诉我,来代尔夫特可看的并不是吉约姆·德·奥朗日(Guillaume d'Orange)遇刺的著名木屋和古老街巷的红砖墙;不是要密切监察水位的、一直渗透到沿岸房屋门口的运河;不是风中钟楼细长的玫瑰柄杆和只有一骑单车穿过的广场,这是周日;更不是令人费解的、这紧闭着大门的教堂,从中却传出那些被允许进入者的歌声。来代尔夫特要看的是荷兰最美的阳光,纯粹、细腻!它兼具理性与感性,它既非珍珠亦非花瓣,而是它们可视的心灵。维米尔的所有作品都是在这滋润而清澈的氛围里完成。画浸透着他细腻的冥想,若论目光与倒影之间的交流,没有哪里比这儿更亲昵。眼前的人字墙、桥与钟楼的线条仍用同样脱俗的姿态迎接我们。同样的几何结构,阳光闪耀,同样的魅力,冷清而明晰。

中国人告诉我们,世界由两个元素构成:实与虚。厌倦了曾碰撞、冲突太多次的实,厌倦了密实厚重、持久坚实,厌倦了庞大和令人却步的结实,今天难道不正是时机?这一月里最不安分的一天,像插上了翅膀,又像什么都不是。正好下到海边,感受这最后的叹息。那是正在消逝中的现实,渐被抹平的轮廓让它已不是原来的样子。四际已显露不平整的草场,矿场毫不抗拒的让位给植被。水与草混合,元素欢迎元素,物质自身的寂静欢迎纯净的颜色。水洼几乎被贪心的灯心草占满,一望无际的笔直运河像一条闪亮的银线分开两岸的圩堤。水渗透、涌出、无孔不入、弥不周遍,我们惊讶于在这个玻璃的王国里,自己的脚下居然还有所支撑。

铁路,或者说它的助手睡意,在不知不觉中将我带向乌特勒支。我忽想起去年在阿姆斯特丹博物馆两个映射着彩色画家形象的展厅中见到的那些玻璃创造的生命,那些被俘虏的灵魂、空灵的外形和半透明的气息。玻璃,是凝固了的呼吸,虽说其轮廓自行成型,却被我们的意图和呼吸所僭越。我们大可在球体虹色的变换与涡形图案中看到自己内心想象的耀动与梦境的困局。只需一下,便可将这些橱柜中的空气精灵一览无余。向天空张着的大嘴是它们的器官,它们的身材则根据用途的分配不尽相同:发散、接收、盛放、储藏。这位爱慕着伦勃朗的绅士手握一笛,长长的管子适合演奏紧缩的音符,如同吹笛人的口型一样。在各种形容词沸腾着想向完美的典范祝酒时,还能想到比这更妙的乐器吗?灵感冒着白烟从脚底旋转着升起。若想从水壶口绽放,需具备等待着的水特有的发散能力。圣餐盒、圣杯、花瓣盘和浅盆都是这一系列。那在细柄上不知折叠了几重的冰凌和褶皱的水,像伸出去的花瓣,想和精灵建立联系!然而这宝贵的水不仅是为了让我们闭着眼吸收的,也需要我们为它保留思考的时间,为了让我们在全身警觉的状态中对它有所评判,为了被明智的手送到唇边。大酒杯,即雪莱在《欢乐颂》中提到的"bokal"就是这个用途。粗大的圆柱体里盛着即芬芳又够劲儿的烧酒,随我们的饮用显露不同的层次。每次液面达到的平衡从瓶身的刻度即可看出。很快,酒杯又变成了圣体盒,有了玻璃花盖子,它不再为我们所用,而是立在铺满珍宝的桌子和柜子上用来献祭,像一个面无表情的朴素修士在展示这一切。

面无表情的朴素修士。在乌特勒支等待我的不正是被新教掏空了内容、只剩下外壳的古老天主教堂吗?上面瘦削而警觉的钟楼,时刻准备着向这认真倾听的城市布道时间。彩色玻璃屑在空中纷飞,落成音阶、曲调,一阵煦风又把它们吹起如絮。在这些急切的布道者中,卑微的城市从红色、玫瑰色的砖墙透出絮语,向运河索求着过去的记忆与逝者的重现。在博物馆的顶楼,隆重迎接我的是奥兰治·拿骚家族最闪亮的首饰和膨胀的衣裙。衣领袖口处缺脸少手并不减少它们的魅力，恰恰相反。所有孩子都知道顶楼是为幽灵准备的地方，一定得有厚实的架子阻碍它们飞走。

人脸，在上面候着我们，在这间被转做他用的、幽深建筑中央，正好照看省博物馆这摊铺子。是画家范·斯科雷尔（Jan Van Sorel）把他们安置在墙上。说不清究竟有多少排，但其中独少了这排去年在哈尔姆就让我惦记的：这位永在故乡阴影之下的艰涩的画家，真想对他了解更多！斯科雷尔除了人像还画过别的。他曾陪同自己的同乡，教皇亚特里安六世去过罗马，画了一些耶路撒冷的风景。这些画见证了北方画家的忧郁和乡情，仿佛这就是他们和意大利接触后得出的结论。（后来的泰尔·布吕根[Ter Bruggen]和保罗斯·博尔[Paulus Bor]也是如此，在他们那儿，从维罗奈斯[Véronese]学来的技巧与须德海的冷空气，还有意大利的蔚蓝和圩堤的绿色别具一格地混合在了一起）而我所欣赏的，是这种描绘群体而非描绘个体的理念。所有这些排成队的、一个接一个的脸，不是身体，只是脸，和我们的头在同一高度，鱼贯而行。他们斜视的目光流露着平静，读着沿路经过的、那些更像是表达意识而非表"情"的面容，而所有这些灵魂都被框强行拦住。被某个习惯处理橡木和坚硬材料的、快活而又强壮的木工大刀阔斧的打败。于是我们明白，只有一幅面孔是不够的，

84

图 40　斯科雷尔,《哈莱姆兄弟会十二成员》,1528 年

图 41　斯科雷尔,《玛丽·玛格德兰娜》,1530 年

一个侧脸总在呼唤着其他侧脸。必须要有一枝挂满苹果的谱系树,要有这种向左鱼贯前行的动作,要有从脸到脸、从心到心的传递过程,要有对延续的招呼和系列性的到来才行。而这些瞬间发生了扭转,向我们走来:暴发户代替了朝圣者,资产阶级的高声炫富代替了修行队伍的虔诚,这在冯·德·赫尔斯特和弗兰斯·哈尔斯的作品中随处可见。

除了纪利克(Gillig)的一幅大静物画,这一层没有什么可看的了,那是一条被切割的支离破碎的鱼。经旋转楼梯我们来到楼上。在这间改作他用的小教堂中,橡木做的圣像和圣母石像一众在为我们祈祷。耶稣垂着头,刚从彼拉多刑架上被放下。他手捧东西远远递向我们,应该是他的心吧。就像他的肉身浸入了都灵的裹尸布那样,我们今日依旧沉浸在他的教诲中。一个玻璃展柜中放着羊皮纸书,由此,这些北方野蛮人的历史中才开始了有上帝、有了遍布沼泽森林的罗马来信和传道的福音。这些都被放在厚重的金盘里,用各种玉髓、水晶和玛瑙装饰,像先知对推罗王说的:"各种宝石做你的衣服。"在藏书馆还有另一本更受推崇的书,好比荷兰的万书之源,有人称之为"乌特勒支圣经"。这本书只有颂歌,但每页都有插图,是加洛林时代一位业余画家用芦苇尖画的。它殊为难得地用高雅的文风讲述了秃头查理时代的军事生活,彼时,新朝代的马鞍还和罗马人的短披风混搭在一起使用。手抄本采用了大大的圆形字体,没什么比这更适合用来誊经。当我们看到书页上勾勒出的那个已消逝了的群体又透过文字活跃起来时,会有一种异样的感觉。他们是那样高大、单薄,而我们却这样矮小、结实!

接下来只剩教区博物馆。那里有弗拉芒名家阿尔贝·萨尔瓦(Albert Servaes)的著名十字架和惨烈的受难耶稣像。不知为何,后者让一些善良的心觉得难以接受,或许只能将其与佩皮尼昂"虔诚的受难耶稣"相比。

现在,去看看包裹乌特勒支的森林大衣吧!在松树、榉树、腐植土和沙的覆盖下,脚下的大地略有起伏。就像一只被裹在宽大袍袖中的手臂,荷兰不得力地抵挡着东边,或者说她只是在遮挡而已。东边,是重新点燃尼伯龙根铁炉的德国,米穆(Mime)在风箱的喘息声中试图"修理它",把断剑焊拢。而在多伦的藏身处,我看到老阿贝利希(Alberich)包扎着伤口,正侧耳听着远方冶金的喧嚣。荷兰不是炼铁炉,她培植的是花朵。郁金香的田野里不怕有饿狼出现,放牧着无辜的奶牛。她凭着水仙的芬芳对抗坦克和飞机。毕竟,谁会想给这样一位可爱的挤奶姑娘找麻烦呢?

四月的荷兰假日就这样结束了!夜里,我被不知什么令人愉悦的东西惊醒,随即明白那是头顶古老的大钟正和远方的兄弟拘谨的攀谈。因为窗外已是春天,年份的杯中已盛满即将溢出的琼汁。所以这是真的,漫长的冬天、雨和寒冷都不是强者。春天又重新把这杯美酒举到我唇前。突然,我这失眠中的伴侣,钟楼,又感到有话要说了。排钟齐鸣,空中各种声音争抢着说话。这阵咿咿呀呀的天使之音过后,一切又恢复了庄严的寂静,好像有事要发生……

那是时刻的临近。

1935 年 4 月底

布鲁塞尔

2

西班牙绘画

I　有灵的肉体

　　每天，无论何时，总有熙熙攘攘的人走在台阶上。精打细算的手匀出一些珍宝给日内瓦这座庙宇。奇迹般地，也多亏了法国人果敢的工艺，它们才幸免于西班牙那场大火。天！我们差点就将其失去！从文明世界(我指的不包括那些独裁者的园子，他们在那儿严格管束着两条腿的牲畜，让其避开罪恶的思想)聚集来此的兄弟们，让我们开心地哭！感动地哭吧！贡献眼泪的同时再贡献两法郎三十生丁给这满溢支票和现金的柜台，在进入光辉灿烂的黄金时代前得先通过这里。而当我们走上楼梯平台，迎面看到的是另一个在慷慨气氛中的受益者。她仰卧在那儿，弓着身子，极尽女性的优势，承受丘比特降下的黄金雨和股票的雾气：正是达娜厄！

　　想象力自行补充画外的东西，我仿佛看到一列卡车在刺眼的灯光下翻山越岭。不是曾在报上看到:在拯救赫斯帕里德斯(Hespéride)宝藏的艰难谈判中,法国起了一定作用吗?

　　今天,像委拉斯凯兹画的那样,阿波罗来到了伏尔甘的作坊。在他眼中,世界这块铁砧上的榔头已不再锻造公约和成段的公文。掌柜的被伙计围在中间,惊讶地审视戴发套的诗人竟前来提议做个光明温暖的壁炉,和用风箱烧炭的锅炉一样有效。而他本想用后者打造战神的双刃剑和帕拉斯的盔甲呢。

图 42　委拉斯凯兹,《伏尔甘的铁匠铺》,1630 年

图 43　里贝拉,《圣菲利普受难》,1630 年

图44 丁托列托,《伊斯帖见亚哈随鲁》,1546—1547年

姑且忽略里贝拉(Ribéra)天才的吊轮设计,几个爱好者正决意用它吊起圣·巴罗多买,脱掉他的皮。格列柯笔下的这位白衣骑士,深受一袭黑衣的保护人的影响,选择了更容易的升天方式:只需虔诚向上祈望!至于我们的眼,在丁托列托这幅奢华得眩目的画面前,就先闭起来吧。整个画面笼罩在夕阳无声的热烈中,以斯帖来到她要爱的亚哈随鲁面前。后者选定的其他女人却不幸被隔在各种不能互相比较的长方形中,只能在普拉多博物馆那样的拱形曲线上回应。可是,她真的美呀!紫红与金色的衣裙,在旁边那位托着裙摆的夫人的帮衬下一直无尽地延伸!就像玛利亚从圣书中走来那样,她来到这位俯身接她的国王面前,而他,已准备好为她放下权杖,还想交付自己的心!

从提香厅开始参观真是机缘巧合。若论西班牙艺术,没有比这位诗人更好的引导者:在诉诸感官的快乐中,精神使肉体听见至福的召唤。普拉多博物馆那幅画便是这样,不巧今日不在,夏娃将从神圣的树上摘下液汁饱满的知识之果,亚当羞涩而又惊叹的手则在她胸前滑过上帝的许诺。不像意大利的阳光那么沉重、热烈、充满爱抚,但却更细腻、知性,没有哪儿比卡斯蒂高原芬芳、纯净的氛围更合适让这永恒的创造物全身投入地歌唱。在这鲜活、呼吸着的身体上,神圣的智慧宣告她已找到自己的快乐,从此,阳光之外的任何覆盖都不能阻

图 45　提香,《亚当与夏娃》,1550 年

图 46　提香,《维纳斯和阿多尼斯》,1554 年

挡美的温柔散发。这里，一切都被"灵化"。正午时分，光就要倾斜，阴影逐渐拉长，将打开诱惑之路。注意，千万别让她逃走！要不，就像对待马德里和华盛顿国立美术馆里的阿多尼斯那样，把她拦腰抱住吧，留下这预备抽身逃离我们的灵魂！

三幅为普拉多增辉的、有乐人相伴的横卧美女画像中（第四幅在法国侵略西班牙时佚失），只有这幅今天得以在日内瓦展示。[①] 这样一来，就无从说起整个合奏中颜色、线条乃至声音的移调和同一主题不可或缺的变化了。眼前这位并非寻常的吉他手，而是坐在桌边摆弄键盘和管子的管风琴演奏师（其乐声在远景瘦弱的树木中往复）。他的责任就是把神圣之言升腾为旋律，令其回旋封印成靠不可破的圆，即灵魂，肉体的"形式"；而且是在令人愉悦的线条、远近景和体积的配合下，臣服于永恒的肉体。在这裸露、明目张胆休憩着的身体上，一切都是静止的，一切又都在回旋。艺术家若有所思的眼刚转过去捕捉到想法，键盘上的手指已准备好诠释。一切起伏都趋向于女人的腹部。被大自然强有力的隆起所丰盈的一切和所有它准备倾倒给我们的美食与收成，经过神圣的搭配与幸运的转化，汇集到这美妙的胯部和属于我们的身体。就像此刻我眼前这条峰峦起伏的长线：

---

　① 即《维纳斯、爱情和音乐女神》。

... Qua se subjicere colles

Incipiunt et molli jugum dimittere clivo.

(……从那里开始,山丘渐低,山脊渐成缓坡)

VIRGILE, *Bucol.*, 9(维吉尔《牧歌》第九章)

图 47　提香,《维纳斯、演奏者与狗》,1550 年

　　值得一提的是,这肉体的天堂(我在此处提到提香,但我也可以提维罗奈斯、丁托列托、鲁本斯)是在神秘主义最为盛行的圣依纳爵、圣特雷莎和圣约翰时期,被曾列席西班牙皇位的最纯洁、热忱的天主教君主收集而来。[1] 当圣宠以美的形式波及

---

　　[1]　当菲律宾的船长进贡新大陆保留给旧大陆的神奇植物时,另一个征服者,委拉斯凯兹却把意大利最纯粹的杰作洗劫一空,当作战利品放在皇家画廊里。

乃至渗透到人体的部分时,精神的世界,即便还不甚明了,至少也以情感的形式敞向人们的渴望并得到认可。所以,一方面,在西班牙,我们看到绘画艺术的全盛,看到人们对现实与人,对被这精神之气轻拂着的、活跃而柔和的世界的关注;另一方面,在修道院,则敞开着漆黑的长夜和没有影像的冥想之路。当然,还有其他的对比!一边是天国之光,或者说冥想之光,威尼斯人用它来笼罩大自然与人类崇高的态度。在线条和颜色的配合下,它以表现和易懂为名携万物而来;另一边,是地上低矮的沟渠,是腓力二世珍藏的勃鲁盖尔(Breughel)和波希(Jérôme Bosch)笔下密集、长满虱子的世界,是后来戈雅让其更加低下的、激情错乱的地狱狂欢,深陷堕落的人们在那儿互相推诿着伪装自己,逃避上帝的目光与面容。

图 48 勃鲁盖尔,《圣马丁酒节》,1565—1568 年

一个脱去了褓褓的、容光焕发的世界,每个毛孔都在呼吸作为上帝之子的自由气息、呼吸着感觉美好事物的幸福感和与蓝天对话并绽放笑容,终能与天际共存、共鸣的快乐。所有这些,在照亮了第二个展厅的提香的《酒神节》中都能找到。现略描述如下。

　　右侧拐角处支撑整个构图的,是那只向后扬起,放在头顶的手臂,像一只尖底瓮的把手,还是我们刚才见过的那个裸露的女人,呼吸着的至福生灵。构图的思路是一切都供人饮用:蓝色的空气、天空、大海、乡村、盘绕树上的葡萄藤底端的美妙果实,还有我们全身心吸收的光线,如《圣经》上说的那样:"有音声之才,无所不包。"一切都是永恒的,一切又都在流动,流入我们的喉咙。一切都供人随意取用。而周边飞扬起来又深入进去的一切又似乎都趋向一个中心。中心,就在此处,即画面最左端。一个男人单膝跪地,腹部临风,捧着大瓦罐在狂饮。他背后又有一人,只见侧影,正扛着不知什么美食离席向外走去。只留这大孩子一人负责做"喝"的动作。右边裸露女子的倾斜身姿决定的构图最终以法兰多舞般的旋转方式落在了他身上,因为这条长长的曲线是被几对朝向不同的人合唱出来的。这里本应也说说颜色的运动,即它们之间的关系,等以后有空再慢慢讲吧。所有人都能理解线条互相配合产生的静中之动,但颜色的运动不是消极的叠加,而是彼此大声呼

图 49　提香,《酒神节》,1518—1519 年

应,在相互的辉映和滋润下存活,就像这挨在一起的蓝裙子和紫红色短披风一样。可在这股沸腾的人流的漩涡上,被一只手高高举起的、打断了醉意升腾的欧加内景致和海岸线的水晶壶又是什么? (我没忘记那带来超人间气息的白帆)液体封闭在壶中,水平面像被某种祝圣仪式升华,那代表了可饮用的极限。

我刚才说了画面从右向左整体下降的运动,最终落在这位单腿着地、痛饮着的西诺勒斯(Silène)身上。但反方向上,那个正向伸出的杯子里注水的赤裸男人,肌肉的拉伸和手臂的弯曲又提起一股上升的力(这个运动又被水壶和它其中的液体的倾斜的姿态所复制、重复),他和失去了平衡的酒鬼隔空(在那儿出现闪亮的白帆)相撞。而这位手肘挂地的女人看也不看便向后伸出灵感之杯,看她手里拿着的乐器,原来是名演奏者! 有人将葡萄汁转成旋律,有人又在她之上凝视着,准备随琴弦的合鸣而歌。之前我们提到过的女人和乐师也是一个思路。就算是这个掀起衬衣的胖小子,如果我愿意也能解释一番!

附:细看之下,发现画中没有吉他。这位美丽的女士手中拿的更像是一支笔或拨子,而她的伙伴拿着一把芦笛。关键是音乐的在场,是见诸于纸上的线谱和星星点点的乐符。在那不勒斯博物馆有另一幅醉酒图,是委拉斯凯兹的作品。上帝原谅,如果我记得不错,那神明手里拿的可不是水了!

II 构 图

　　在之前的随笔中我提过色彩的运动。我认为,色彩不是稳定的,和烛火差不多:是一种燃烧的状态、一种活动,能在周围引发各种交换。作为证明,仅举这幅委拉斯凯兹的《圣母加冕》。昔日它在普拉多博物馆曾让我惊艳,今日再次相遇,何等开心! 画的构图呈三角形,从下向上散开。下面是圣母宽大的蓝袍(那是怎样的蓝色! 和鲁本斯的相似),以变幻拂动的衣角收尾,或者说,一切都从这一点开始,"Quae est ista quae progreditur quasi aurora consurgens(和冉冉上升的朝阳一样)?";上面,是必然从蓝而出的红色,或者说,是由蓝色无尽追求所得,是满天玫瑰色的清晨;但还另有晨光在其之上,即永恒之光! 这周身发光的鸽子! 从众选出的女子头上,圣父圣子各在一边托着冠冕。他们穿着的衣服,不是绯红和紫红

图 50　委拉斯凯兹,《圣母加冕》,1635—1648 年

还能是什么？而它们也被这蓝色漫过！这两种颜色水乳交融，让我们的眼、我们的心如此愉悦！蓝色，应当说是被这红色尽情的吞吐吸纳。那是我们与生俱来的昏暗被强烈的爱吸入三位一体的炉中，而后终结于顶端的光芒四溢："Veni Cornoaberis(起来，为你加冕)！"

另一个三角形的构图，说是扇形会比杯形更准确，是另一展厅中戈雅的一幅小画：《圣伊西多尔牧场》。下半部分是令人愉悦的头巾、薄纱和阳伞的集会，因为阳光明媚！被船连接的河的对岸是一个有着圆顶、宫殿和钟楼的光明城市，令人遐想。让我们叫出它的名字吧：马德里！那是超然现实之上的梦，或者回忆。

图 51　戈雅，《圣伊西多尔牧场》，1788 年

今日，绘画陷入悲哀境地的主要原因在于它已无话可说。人们似乎认为，绘画的目的就在于证明任何目光朝向之物都

不值得它加以停留,而最终无论是在意义上还是在表达上,它都不足以战胜惨淡存在的偶然。展览的恐怖就来自于此:展示的往往是愚蠢、无知和蹩脚,如果不是为疯狂便是为丑陋服务,令人兴味索然。在不了解大自然的情况下,我们的小说家和艺术家找到最简单的办法拙劣地中伤它,非得用自负又犹豫的手画张轻率的草图,或用只能刺激到视网膜的花花绿绿来表现。画家不能再驾驭材料,更像是个水泥匠,其实我本想说学徒。画笔不够用,他还要刀和抹子。而没什么比这些像涂了粪便一样的面包片和这些粗糙不平的灰泥层更令人反感,可它们却取代了古老画家丰富、温暖、明亮、审慎、透明而又细腻的油彩,取代了他们指端那摩挲画布如爱抚肌肤,塑造体积并在开展表面的同时亦暗示其背后一切的光线。对于蠢笨、暴殄天物的人来说,一切不过是泥土,他们从未感到欲望的刺痛,不容置疑的突然入侵、讲话的需要和视野想跳脱出来的要求,还有这如指甲拨弄下琴弦发出的喊声,它召集来各种表象,在外形的内部创造一个有灵魂和意义的社区,用互动停止运动,在理念的周围、词语的韵律和句法的闪耀下,构建了一个向心的、圆的语句。

以上这些是我在观赏鲁本斯这幅《爱之园》时想到的。这幅画,如果没记错的话,我在橘园博物馆曾见过它的复制品。这就是我刚刚说到的向心运动! 中间的主席位,如果可以这么说的话,被颇有园长气势的胖女人占据。是你吗,玛丽·德·美第奇?还是你,奥地利来的安娜皇后?上了浆的大衣领在边上黑纱和白色花边的围绕中更显扩张。她朝天抬起泪眼,还有三行眼泪滴落在浑圆的脖子上,想必情人一样多。其他七嘴八舌的妇女年纪不等,聚在她身边像一只花篮。她们讲着共同的经历,同时和混在中间的小爱神们激烈辩论着过往的回忆。而现时也在此。像敏捷的海盗把战利品带回港口那样,衣冠楚楚的骑士怀搂微笑着的快乐俘虏,把她带向自己已然申请入主的金屋。其他情侣,非但没有彼此靠近,反在阴影中远离,不难想象其悲剧。

图 52　鲁本斯,《爱之园》,1633 年

让我们暂且把目光从弗拉芒画家笔下这些让我们饱得反胃的肉体上转开，看看精神的火焰如何作用其上。

大厅挂满各种无与伦比的壁毯，在华丽之下略显幽暗，让我们看看最深处范·德尔·韦登(Rogier Van der Weyden)的作品①。我几乎可断言，就是这幅画奠定了这位伟大艺术家在其国内同辈人中的首席地位。刚才我说过，画的整体，不论是线、面还是颜色，是一个平衡中的状态、悬置的运动，是被画家的意愿于恰到好处时停止的组合。此处，这九个人在耶稣的遗体旁边就实现了思想与情感的平衡。一边，撑起神圣重量的是那些了解并懂得的人，即学者和博士(穿着宽大彩袍的那位，是代表礼拜仪式，还是神学?)，最右方站着，弯身探向耶稣脚部的是负责天主教冥想的缪斯；另一边是左面哭泣着的人。首先是如受雷击的圣母，她的身体运动复制了上方耶稣遗体的姿态。其次是向她俯身过去的圣约翰，弥补了右边缪斯女神形体的弯曲，从他开始，经耶稣的肩膀和抬起的手臂，形成一条抱拢整个画面的曲线。曲线上方一黑一白两个女人，一人哭泣，一人面露悲悯。耶稣把自己的头、心和手都留给他们，把躯干和重量交付另一边。在两边之间，他打开的肢体轴线在水平方向上制造了一道空隙，这和鲁本斯《耶稣下

---

① 指其作品《耶稣降架》。——译注

架》中竖直方向上的空隙有异曲同工之妙。我们别忘记上方
十字架前后那两位,其中一人手指胜利的铭文,而我在其中看
到新旧约的字样,旧约,就如这逐级而上的梯子。

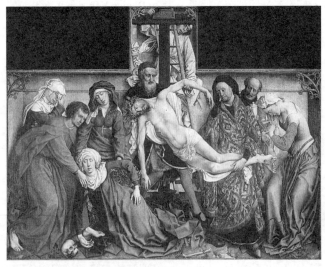

图 53 韦登,《耶稣降架》,1435—1440 年

现在是时候来谈谈格列柯。他的作品占满了两座大厅,
其中也不乏一些平庸之作。而苏尔瓦蓝(Zurbaran)和莫拉莱
斯(Morales)的画却很少,更别提牟利罗。

关于这位出身干地亚岛的画家,人们已写过许多华章谈
论他的宗教热忱,他笔下那些神秘拉长的人物(和《福音书》说
我们尽全力也不能多一肘高正相反),还有那模仿火焰时常仰

望天空的双眼。这些说法都很中肯。可在他笔下这些神秘的好好先生中，何来这种不自在的感觉呢？确实，也有成功的时候，但我们从未有过舒展更不用提盈溢的印象，我们从未见过单纯快乐、随和的人物出现，从未有一丝安全。艺术家总是在场，像话务员大声咳嗽出痰一样，让我们能感到他的努力。这样的艺术有种封闭感。阳光没有将其穿透。它也没有结合并贯彻大自然潜在的意图，而是借助某种结构来上升。靠火焰、靠掺杂着硫化物噼噼啪啪声的烟。这些奇特的颜色，画笔只能在调色板上最危险的区域寻得；冷静的色调触动人所能承受的极限；石榴丝绒一般的毯子让人也感觉又酸又冷；还有对毒药般危险的绿色区域（有时是惊悚的绿色，像是现存纽约的《托莱多风景》）的贸然入侵。而在这幅最糟的藏品《腓力二世见异》中，则是一些不和谐的短褶皱，像某种蓝色、某种橙石榴色，非但不能回应整体，还像艾绒一样刺激了我们的神经，起到破坏的作用。

格列柯在西班牙艺术中传达的是巴洛克的信息，后者是反宗教改革的一个侧面。直冲云霄的哥特艺术在进入鼎盛期后遇到阻遏，其标志性直线像弹簧一样，被压缩后产生了反弹，由此产生对拱门、穹顶、扭形柱、肌肉，乃至对所有伸展、蜷曲、绷紧之物和对一切支撑、克服和卷起动作的兴趣。天主教巨人肩膀一挺，试图把倾斜的天主战车顶正。神学采取辩护、

图 54　格列柯,《托莱多风景》,1598—1599 年

图 55　格列柯,《腓力二世见异》,1580 年

113

论战的形式。虔敬中允许加入理智、讲方法的个人的努力。"自助之人天必助之",这是圣依纳爵的格言,与新教的箴言正好相反,后者把一切推给圣宠与情感。圣特蕾莎和十字架圣约翰(《上迦密山》,多么意味深长的题目!)为祈祷提供了体操般的规则,要对自己和自己的力量(像扭形柱那样)有所认识,坐在腰上,向上或再向上!格列柯呢,就是这样!一看便知这是个用功的画家!不是平和的画家!他不像弥撒教我们的那样,在一切中寻找安息,和隔壁墙上梅姆林(Memling)的作品相比气象迥然不同。在他展示出来的强劲中没有女人施展的余地,我本想说心灵,因为心灵也是柔软的、接收性的。而这里却满是被苦行捆缚、被使命感激发的意志。

在这包围着我们的激烈炼狱中,却有一幅杰作。是位我忘记了名字的军人的肖像,上方有其主保圣人圣路易。军人跪在地上,双手合拢,全身被卡拉特拉瓦骑士的白色大氅覆盖。至于(头上没有光环的)圣人,从头到脚穿着画家喜欢的黑色袍子,这也是圣莫里斯和圣马丁的日常装扮。让我们暂且把辨认的工作放在一边。对我来说,这不是某军官,而是另一位战士,不早不晚,即皈依时的圣依纳爵本人。他上方的那个人,也做了一个我们刚才提过的偏轴运动,试图用手把他从地上拉起,引向前去,用望向天空的热忱使其飞升到自己正问询着的人物面前,那人不是圣依纳爵本人还能是谁呢?但那

114

图 56　格列柯,《朱利安·罗梅罗和他的守护神》,1612—1618 年

是破蛹而出，进入成熟阶段的圣依纳爵。他已然成就，昂首挺立，率领着自己在上帝无尚荣光下建立和调教的队伍。他身体的每个部分都受到相应的调整，圣保罗所说的精神甲胄，他都一件件披在身上。此时，他不可战胜，身着黑衣，像出现在印度骄阳下的圣弗朗索瓦·哈维尔（Saint François Xavier），令恐怖半岛上原有的偶像颤抖不已。这就是天主的干将，新的科特斯（Cortez），新的阿尔布克尔克（Albuquerque），新的查理五世！而在此之前，必须要在圣宠的光明大衣下停留、长跪，那是为了从中孵化出撒旦的终结者，像肢体清楚而平滑的长虫：地狱，我来啃噬你！

最有特点的是大厅高处的画：《圣灵降临》和《耶稣复活》（两幅画均 2.75 米高、1.27 米长）。烟棕色框里的人物堆积在一起，身形颀长，像热蒸气一样从下向上摇晃。

第一幅画中有位使徒模样的人，身体剧烈向后弯曲，双臂打开，支撑了整幅画的大烛台结构。上方，一众随从以圣母为中心排成一列发光体。火焰像是从他们的囟门发出来一样照亮了头部。这些人不像是从天而降，倒像是烛台的分枝吸着他们尖尖的头顶，像杆子一样被接上去的。此处，没有任何对现实的影射和对个体表达的追求，而是气息或灵魂的强烈召唤，或者说，是一种火刑。每支火炬都被点着了。

第二幅画——《耶稣复活》也颇为怪异。上面两个躯体的

图 57　格列柯,《圣灵降临》,1600 年

图 58　格列柯,《耶稣复活》,1595 年

线条和动作都相同。只是一个倒地，是看守；一个升天，是耶稣。虽然他们彼此形成相反的引力，却不是相互挣脱的关系，须知，士兵只有脚朝上，做飞舞状追随耶稣。像舒拉密女请求的那样："带上我！"至于不能脱离大地的头颅，算他倒霉吧！一个身材颀长得足以连接天地的耶稣，超脱了兵荒马乱的人类。

其他构图，例如《耶稣受洗》像火山气体般蒸腾，而《圣三位一体》①的画面则被一位颇有分量的天使占满，不像翱翔的精神，更像绕圈的行星，我就不提了。

直到现在，我们所谈的都没有离开神话与启示的理想世界。现在，让我们跟随委拉斯凯兹一起深入到世俗的现实，或更准确地说，是穿着得体地随他一起前行，手持佩剑和身份标记，或一朵花，或一块手帕，总之，是那些能让他用尘世之眼乃至阶层之眼去端详的东西。为了更好地解释清楚，也许我早该谈谈肖像画，即眼前这一组组供人欣赏的陈列品。像在隔壁画框里的这位金发小公主，拖沓地挣脱了紫红色的幕帐，把同她一样囚禁其中的、层层柔软褶皱的变化也牵引了出来。现在，她又在队伍的中心，两个随从宫女，一个跪着伸出手，一

---

① 这幅画的立意还是不错的。画中天使正是弥撒经第二部中的天使，给圣三位一体带来超物质的献祭。

图 59　委拉斯凯兹,《宫娥》,1656 年

个退在一旁,恭敬地把她介绍给某位臣子,最近景处,趴着的大狗提前表达了后者的忠诚和敬意。(它得到的奖赏,却是被淘气的矮个姑娘踢一脚!)只有那个胖胖的、气势汹汹的女侏儒(我猜这是政治!)无动于衷,她的右手只考虑自己左手的建议。后面是两个暗色调的仆人和画家本人。画家手中的笔还悬在调色板上,似在等待大家的评价。帘子刚刚被拉起。后墙镜框里国王伉俪的肖像是已然开始隐没的一代。而画家,也悄悄退下,我们在画面深处敞开的明亮门框中看到他的身影。一系列在后墙和侧壁的镜框为视觉提供了纵深的坐标,其内容我们无法分辨清楚(除了刚才提到过的两个人像),但所有这些和门呼应的方框,都是过去,是这个国家和王朝历史的所有章节,而画家,正在他眼前这个框上努力添上新的一章:"祝你好运,小姑娘!我这厢告辞了!"

我想谈的另一幅委拉斯凯兹的巨作是《纺织女》。

左边这个女人,就称她为安琪儿吧(她身后好像有模糊的翅膀在扑动),拉开这深红的帷帐(从左至右是微妙变化的红色,被黑色长袍和绿色半身裙打断),我们看到的是如《宫娥》一样的构图:五人排成一列,女人占据前景。天使从上方无声的朝古老的织女俯身过去,观察自己的目光和刚停歇的话语在后者慎重的脸上引起的反映。在这两两相望的眼与唇之间,像有一条无形的线,从高到低的在画面这个角落开启了四次斜线的平行。(暂不提远景中第五条斜照的光线。)这斜线就是这位头包裹的像斯芬克斯的神秘女织工从旋转的纺锤上抽出的！再向上提，它又变成了靠墙的梯子，那是想象的空白处，我们在那儿上上下下：对面墙上挂着一圈羊毛，代表我们将作用其上的原始素材。这是第一组。中间坐着的女人呢，我在她弯曲的身体、模糊的面容和完全放松、下垂、静止的右手臂上看到了冥想的样子。看不清她左手里的东西，是用来条分缕析的梳子，还是将要执行的计划？现在，从负责创造那一组抽出的丝线落到了右边负责采集和编织的第二组手中。刚才说的向下倾斜的斜线，被这位光线聚焦下身着白衣的、强壮的女手艺人用有力的臂膀和灵巧的手指提成水平方向。左面纺轮的垂直运动在摇纱女工灵巧的旋转节奏下变为水平，以便最终成为她手中的线团或线球。由线发展至面，我们这些作家不也是如此吗？让我们向这位干脆背对我们的妇女致敬吧！多少还是能看到她的侧脸。这排的最后一位，我称之为记忆和出版，她的篮子里收集了劳动的果实，即所有线的累积与压缩，无论是毛线、思绪还是一行行笔迹。

画的前景大致如此。后面两级台阶上是一个光亮的空间，布置得像舞台一般。终于完成的作品在那儿曝露于众人眼前。所有这灵感的编织、协作正向我们殷勤展示其成果，即一段虚拟世界的插曲。从中我们可辨认出一个戴着羽毛装饰的主人公,一位漂亮女士和两个掠过变幻天空的小爱神,这些已经足够不知多少诗歌和小说去描绘了。一群可爱的女士正观看着这一幕,其中一位不失礼貌地把头转向作品的集体作家,即这群我刚才描绘的女织工,其实,她们无外乎是我们的各种官能。刚才我还忘了冥想者面前的这只小猫,它竟睁着一只眼睡觉!

图 60　委拉斯凯兹,《纺织女》,1657 年

再插一段。这次是西班牙皇家的一幅肖像画,大总管戈雅(Goya y Lucientes)为观众的福利将其展现出来,我本想说"搬上了荧幕"。稳定的红色镜面上冲刷过一股股潮水般暂时经过的观众。画面似像被一个火炬点着,正是一身红色,被各

123

种亮片和宝石的火焰点亮的、怀揣西班牙光明秩序的查理四世，其子在下方着金红色衣，光芒稍弱。我没有提白色发套下的脸，那是君主制的夕照，是火炭最后的奋力一搏！丝绸、纱罗、刺绣、钻石，所有一切中掺杂了火和盐，像长指甲和拇指拨弄下的六弦琴噼里啪啦、嗡嗡作响，这都是出自一位魔术师的手笔，我猜他躲在那阴影里，退到了画框外。而位于画面中心、围绕其组织构图的主要人物被国君四十五度角朝向介绍给观众。和气、宽容的丈夫挺着皇室啤酒肚把她照得像个发光的灯塔。正是皇后玛丽·路伊斯。她像克吕泰涅斯特拉（Clytemnestre）①，又像某个洗衣女工，有着一张被岁月、激情和风霜摧残过的脸庞。看得出，她其实是害怕的，但她用各种方式，尽全力面对这超出自己掌控的局面。拖儿带女许是为了保持举止，但这骗不了我们！孩子不足以堵住遗传法上的突破口。波旁王朝的后人自在地穿着发光的制服，把这位别扭、惊慌、永远在更年期的人郑重其事地介绍给了未来，好像自己是她的仆人，毋庸置疑，她就是民主制。后面那位复仇女神的长相夸张地突出了自己亲属的轮廓，可不容许我们对命运的安排有拐弯抹角的想法。右边那位我们看不清侧脸的年

---

① 希腊神话中攻打特洛伊的希腊联军统帅阿伽门农之妻，她与情夫埃吉斯托斯合谋杀死了阿伽门农。——译注

轻女士,则是年轻的公主殿下,代表着青年一代,转头去看母亲。其他在两边排开的、拘谨而平凡的配角们(似乎其个性也从中间向两边递减,乃至变得平淡无奇),是碗口的花边、无所谓的摆设。只有奶娘手中抱的小男孩颇有趣,像其他人那样,胸前也戴着荣誉勋章。他在笑,在开怀大笑,乃至尿湿襁褓!

图 61　戈雅,《查理四世一家》,1800 年

III 肖像画与壁毯

肖像画——第一个在门口几个沙龙的展示板上迎接我们的，是提香的《查理五世》。画家表现的皇帝手执长矛，脸甲掀起，骑在一匹奔腾的骏马之上。就这样，出发去征服远方，攻城略地。权欲在后，长矛先行！这人的箴言就是"Plus ultra!（更多）"，而我们路易十四的正相反："Nec plus ultra（无需更多）！"后者，若延伸其权杖，大概会变成测量杆，用来丈量凡尔赛宫的建筑与园林、丈量星光照耀下属于天主的法国或沃邦防御工事般的法国吧。（确实，许多版画把他表现为在不同皇家产业中庄严漫步的形象，那长长的手杖被梵蒂冈教堂的侍卫所继承。[①]）

---

① 这位君王并不知晓自己拿手杖是学亚述专制君主的样。

图 62　提香,《查理五世》,1548 年

提香让人物在阴沉的日耳曼大地上奔驰。眼前这幅则将他置于如日中天的功绩中。我说的是这些巨幅挂毯,一片白色上金光点点,表现的是突尼斯战役。除了其他的慷慨馈赠,耶和华还将地中海赐予他,像《诗篇》第一百零八章所说,做洗脚盆用。一切再清楚不过,显而易见,就像一页被朗读出来的历史在回响。战船正竖起如翼的船桨,所向披靡地分开波浪。明亮的岸上到处是被伟大的拉丁铭文歌颂的战士,他们攻打城池,在如林长矛中前进,向头裹层层缠巾的骑士不断开火。而对方,在他们牢不可破的行列前溃不成军。我方才说的这柔软织料上的光点,谁知不是这炮火爆炸后的余响呢?这是对失节者发起神圣战争的一段插曲,由圣路易之子将其导入地中海,其残酷比今日希特勒与布尔什维克之战并不少一分。西班牙继承了十字军最高的天分,在进入他们天才的圣殿之前,先在我们眼前,我刚才几乎说"脚下",展示这些巨大的壁毯,倒不失为合适的安排。

等着我们的是一群安静的人,其存在却是为了强势地让我们注意。他们单纯地相信自己,不像《布雷达的投降》中的人物那样自信得有依据,在我们看不到的场景中占一席之地。只是为了我们,这些人向现实背过身去,出现在窗框中,正把脚,如果可以这么说的话,伸入永恒的光晕里。我的好人儿,你被逮住,逃不了了!潜在的观众吸引了你、抓住了你,你们相互对视,这期间你既不可能漠然无视,也不可能挣脱漠然无视的表情,而这对你并非无益。观众走了,你仍坚守,永远被展示的你变成一篇文章,变成某种有迹可循或有标题的存在,给转过来端详你的智识之眼提供源源不断的话题。久而久之,你的价值被比你本身品质更重要的东西所定义。不管愿不愿意,某些东西就这样被吸到面上,那便是永恒存在的灵魂,是我们即便默不作声也在表达的那部分东西。委拉斯凯兹笔下精美华服里的小公主是这样,格列柯的骑士亦是如此,他将光环置于大氅里,手放胸口,似乎在说:"是我!"还有拉斐尔的这位主教,我们说,为了在冥想经典中自娱自乐,他把自己的鼻子都拽长了。

读者,我已写了很多页来讲构图。所有这群男女,还有动物、物体和背后的布景,既然统称为"构图",即是令一段时间坚固化,是利用运动提出不动的建议。其实人的身体乃至面容本身也是一种构图,是一种综合的表达:是互相关联着的鼻子、眼睛和嘴巴,是心灵的门面,是基于我们秘而不宣的需求产生的力量发出内在呼唤之后的构建,是于我们有生发能力的光阴中被实现的瞬间。而眼前出现的就是我们的"隐德来希"①,这不可替代的人物在与命运的默契中适时出现,是刻

---

① "intéléchie",亚里士多德用语,"完成"的意思。——译注

图 63　委拉斯凯兹,《布雷达的投降》,1634—1635 年

图 64 格列柯,《手放在胸前的骑士》,1578 年

图 65　拉斐尔,《主教的肖像》,1510 年

画出来的,也是言说着的,比我们左手手心记录在案的命运之书更清晰。一星半点的精液,在自我表达的需求推动下,调整了骨骼的结构与比例,促进了肉身的生长,配置了我们的性情,激发我们的热情并柔和了我们的气质,而画家,就是让自己变成我们身上这些活动的同谋乃至它们的士官长。带着品味、激情和几分谨慎,灵活的画笔来来去去,一滑、一点、一顿、尝试、暗示、确定,在调色板上戳戳点点,一次次寻找彩色的物质来认证我们无形的内心,而后者依托模特,早已提前投射到了打开的画布上。诚然,我们身上的一切,从枕骨到脚趾,都是一个整体。协调这一切的、有渗透性同时也被渗透的灵魂主宰着跳动的心,把我们变成人们口中所说的个体,一个像模像样的、站着的人。关于这些,艺术家比我们自己了解得要多,我们散发,他们吸收。他们同时掌握我们的内在和外在,知晓在相应的场所和气场下,我们曾要做和正在做什么。而这些"场"被画框浓缩、分割为理想的孤寂,为的是让我们根据自身可能的参照有所证实;"Amica mea, soror mea(我的爱人,我的姐妹),请过来,露出你的脸,它是那样美丽"。画家就是和这种呼唤结合,此外没有别的可说。是的,即便是刚才提过的畸形宫娥、戈雅笔下的悍妇或委拉斯凯兹为我们塑造的头号侏儒也都是这样。后者骄傲的顶着一圈暗沉的光环①,试

---

① 头部正常,但手是孩子的。

图借厚重的大书重新进入脚边那只小碗所象征的暗涌的创造意志中。没有一件上帝的作品会被认为不值得出生。只要画家开始端详它，就会感到不能无视。

人脸，一看便知，是对称的几何图形。作为标杆和支柱的是鼻子这根垂直线。鼻头像门闩，和我们的身体一样，两边对称。① 鼻子上下平行的轴线，分别是嘴——味觉和摄取食物的器官（加上上下唇和两排牙齿，以及后面的舌尖与味蕾）；和视觉工具——从那儿发出目光至对象物身上（嘴和眼一样，也有进出的功能）。从这配置、嵌在我们颅骨上的三个器官（似乎也不应忽视上下颌的机械运动）的交谈互动中，形成我们一般所说的相貌。而相貌，用音乐思维来讲，则是速度（tempo）的表达。像被委拉斯凯兹青睐的腓力四世，在他那些形体修长的画像中，发亮的厚嘴唇和舒缓的目光就搭配出某种庄严的迟缓。

头、脸围成一个圆球，根据侧面的不同、光的切线、垂线以及种种斜线的照射展现不同的侧面。还有这把平面和体积连接起来的任性的螺旋，我们的注意力和意向总是给它提议变化的焦点。所以，在委拉斯凯兹对侧脸的研究中（如这位少妇）我们看到耳朵的涡旋被发卷复制，为整个构图增添了欢快

---

① 在黄种人和黑种人那里，鼻子扮演的角色不同，是另一种建筑方式。

图 66　苏尔瓦兰,《圣卡斯里德》,1635 年

感。而格列柯笔下这个醉鬼长着一副僧侣的短小面孔，顺着无形的对角线，遵循了一种方形法则。至于苏尔瓦兰(Zurba-ran)画的全身女像，如果那尖锐眼睛中的驳斥之光不是被一系列弓形(凹陷的脸颊、弯曲的手臂，被提起的裙子上正在展开的长褶皱)发射出来的话，它不会如此准确地抵达我们，命中现实的靶心。

大致上，或简要地说，肖像画可分为两类。一类包括弗拉芒绘画与荷兰绘画，一类是西班牙画派。前者，模特被注视且知晓自己被注视，他任由别人来看，让别人观察自己。如我想到刚才说过的两幅鲁本斯的肖像，两位娇艳的皇后正处在肉身的极盛时期，任人欣赏她们的丰腴！另一种情况，模特不是在目光下，而是目光的提供者：他们或怔怔地盯着某个引领自己向上或让自己开步走(因为画家几乎总是表现他们的站姿)的人或物，也有可能是我们；或正驱策爱驹；或像那个侏儒和刚提到的卡西尔达那样，正转向我们。回头来讲，那些知道并让自己被注视的、自信地摆好姿态故意在那儿等我们来注意的模特，正是范·代克(Van Dyck)和他虚弱的模仿者们——十八世纪末英国画家——的风格，也是路易十五时期那些把自己的生活当成喜剧表演的风流人物、美女和精致的心。他们谈吐，而非讲话，也不想让自己正常地讲话。若非画家用笔暗讽并残忍点出其中的嘲讽之意，他们还自以为讨人

喜欢并自得其乐。此外，还有尚佩涅（Philippe de Cham-
pagne）的模特，和勒南兄弟（Le Nain）的相去不远。他们稳稳
地坐在自己的个性里，意识着这种自我意识，自导自演。在乔
治·德·拉图尔（Georges de la Tour）那儿，则是地窖里的老
鼠和从背后照亮人物的烛火。博物馆大多充斥着老丁托列托
的作品：这位画家本身就带着黑暗的气息，像是这些建筑物和
人体的看守者和管理人。这位画坛雄狮将人体从环礁湖般沉
睡的水中拎出，提升到穹顶，让想象力在那儿撞击出了一圈圈
天宇之环。这里我们暂不提中世纪装饰画师的虔敬，把供养
人在显形或隐形的圣嘱下供养上帝的郑重面容诚实地记录下
来。这一类画，是为了还愿而作。

　　伦勃朗不画那种殷勤准备好让他研究的人，而是试图去
捕捉、突袭。他把人带入有机关的画室，打上各种人工斜光，
这些光能让他发现"我在需要什么"。它们问询着，突出并照
亮人物外表上某个能为解决这需要，或至少能为解决他某个
问题提供钥匙的特征。由我提出情形，由我选择观点。若是
画家自己做模特，这种情况时有发生，他便把自己当成主题，
放在各种美食和奇装异服中来观察会有什么启发。他需要别
人为自己的想象提供载体，此人却不是他的儿子蒂托斯或女
仆亨德利克，而是那些得通过某种方式来到阳光下的、是他要
向对方索要文牒的幽灵使节。至于哈尔斯，与其说他想把自

己的模特关在画框里，不如说他让他们在那里舒服、快乐、喧闹的放任自流。这些人摊开闹哄哄的布料、动作和各种颜色。放声高歌的小青年手里拿着的琴，配合商会展览之类的鼓、旗子和酒罐都是这一特点的象征符号。而所有这些喧闹，在哈勒姆的男理事和女理事那儿都变成清教徒般的严肃和几乎阴森可怕的索账。不再展览翻领、武器、绶带、圆滚滚的腿肚和滑稽的面孔。这里是办公室。桌上是我们难堪的呈上的账目与数字。至于鲁本斯和乔登斯这两位弗拉芒画家，不能说他们钻研，但是他们开发、栽培模特，让他在自己赤红的画笔下像水果般成熟起来、丰满地得到表达。这可谓是行动中的神话。他们的人物画廊像是某种人间果园。今日的布鲁日和根特地区的园艺师亦不比他们更灵巧，能培育出有这么多变化的绯红色玫瑰和美味的豆科作物。

西班牙肖像画与此迥然有别。画家引荐模特时把自己的帽檐拉低（他常把自己画在画布一角），他给对方自主权，保留其特有的伶俐，让我们自己去适应。像刚才讲到的苏儿瓦兰画的卡西尔达或委拉斯凯兹笔下那位在苦行热忱中磨炼的伟大女士，她们不是被捕捉入画框，而是暂停高傲的、并非逝者的脚步，利用这扇打开的窗子来打量我们。既然侍女已打理好她们的容装，画家只需负责其余的东西。她们朝我们走来，不是接受呼唤，而是前来挑战。超然于过去和现时，这类人物只需面对自己站好，因其任务带有某种挑衅性，为此必须摆出一种表情和姿态，借助装备和服饰的优势，充分利用这竖直的平台，即紧绷的画布，从背景里、从骏马奋蹄想挣脱的风景中把自己呈现出来或强加给我们。这类画中几乎总是出现扭曲的情况。即便展示侧面时，身体做出要去别处的样子，扭向我们的脸还在搜索着我们的感受。我们目睹那些修长的身影升天(格列柯的《圣彼得》)，而从腓力四世傲慢的手中落地的长枪则展示了骄傲在怎样的高度上诱惑了人的本性。在格列柯的肖像画里，那些领子和袖口让人的面孔与手陷入孤立，让灵魂和穿着黑衣的身体分离，并把它献给早已被眼和手指印证的朴素的动力，生命之火则在肢体的底端散成丝缕。

但在戈雅为波旁王朝后裔所作的两幅肖像画中，先行一步的不是灵魂，而是便便大腹。这个穿着带点的兽皮衣服的人，让人想到伊索寓言；那个从一身喧闹的猩红色中露出的服帖又老实的头，是皇室大总管的，正好用"震昏头"(tue-tête)这个词来形容。我还记得那两个闪耀的仙女：一个不是别人，女士们先生们，正是我曾荣幸地向大家介绍过的、出现在《王室成员》这幅画中的悍妇、老巫婆、长舌妇人和女巫；另一位，上身也发散开来，但却是基于裙摆和缎面铺开的宽大底座，头部则像放烟花般，支出各种麦穗、箭矢形的装饰和小花。让我们从这些用悲壮的眼神谴责我们存在的画家和诗人的肖像前走过，来摘取玛哈这对姐妹花吧。她们一个着衣，一个不着寸缕；一个赤裸的肌肤上泛着珠光，一个笼罩在丝绸的微光和轻盈的气息中。这卖弄风情的女人转向、投向我们的不仅是脸蛋儿，而是整个身体。似乎画家全抚摸过，全包裹好，不仅用貂毛的笔尖，还用明晃晃的气息——真的，像中国熨衣妇用嘴喷水那样，艺术家口中也满含喷薄欲出的光，而它是从每个毛孔散发出来的。

肖像画就说到这里。余下要讲的是四幅宏伟的壁毯。查理五世曾只想带它们去自己的退隐之地圣尤斯特，作为证明自己荣耀的最高战利品。这些壁毯如此流光溢彩以致在我看来它们足以抹杀了展览的其他作品。难道不正合适让这位弗拉芒人、勃艮第王朝的后裔带走，用金羊毛包裹自己的墓地吗？

白纸，是顽强的诗人随着爬虫般前进的思想，用笔尖一陇陇、一行行、一字一句耕耘的田地（他像春蚕吐丝般[①]，在吐丝板上那样压挤着自己）。绷在方框上的画布，为手拿画笔东涂西抹的画家提供了一面虚拟的感性墙壁，让他把共现的视野

---

① 一位异想天开的朋友认为从表意文字的角度来看，"soi"（自我）和"soie"（丝）是一个词。"s"代表线，"o"是蚕茧，"i"是虫子，上面的那个点是眼睛或孔（在"soie"中，则代表用来缠丝的小棍）。

图 67　戈雅,《穿衣服的玛哈》,1800—1805 年

图 68　戈雅,《裸体玛哈》,1790—1880 年

张贴其上。而壁毯,则是羊毛! 它不是为魔法般地反射、捕捉和互相辉映的游戏所准备。它不发光,而是被光渗透,将其饮取,吸入自己的内部。当歹毒的妻子像屠牛般用斧头砍剁阿伽门农时,这位早先牺牲女儿献祭的丈夫倒向光洁的水池,头先着地。流出来的不仅是英雄的热血,还掺杂了被献祭的女儿伊菲革涅亚的鲜血,是屠城的特洛伊呕出的猩红被这记载历史的布匹吸收,变成了不可磨灭的绯红色。这是真正的物证,是渗血的事实不容置疑的印迹,从此,它像飘扬的旗帜插在所有世纪之前,像古剧场池上撑开的红遮篷,在那里,人物彻底地演绎了人类所有的激情。同样,如果不算失言的话,都灵裹尸布上我们所敬仰的形象也可以说是我们的信仰之旗。壁毯,是固定下来的回忆;是某个形象、某个不管是否条理完备的场景在记忆中完成的持久之作;是某个一旦受到关注的整体在我们精神的百货铺里达到的平衡状态(耶和华神殿里就有此类仓库,圣书对此有所探讨)。无需寻求枝节,此处涉及的是一种大的氛围,(像大管风琴散播出的乐气那样),分成几大色块,先见证我们感官的震撼,(无数的点)经严格认证后,又回到稳定状态。挂毯是一种色彩的建筑,是对大块的统筹安排,是于凝滞不动中获得的视觉印象。这里没有手势,而是姿势;没有风景,而是帐幕;没有人物,而是那些寄身于纺线的在场,是描摹出来的、平面化的阴影。一切凝聚在一起,一切不过是块构成的整体,由密密麻麻的点施工完成。如同一大片婆娑的树叶发出响声,整个画面也像是被某种扩散效果发送出来一样,是不可数计的和声。不只是我们的眼睛,我们身上所有的感觉表皮都受其吸引。我们不是在看一张海报,而是在深入一种柔软的质地,它就像在大自然里作业的泡沫、草、树叶和被无形的水滋养的地皮一样。虽说眼、耳是智识器官,是其他诸感觉的代表,可却是触觉让我们触及到压力,得到这样一种体会。在挂毯前,我们不是通过敞开的窗子逃出去,而是被包裹在传奇的褶皱中。一旦开门点燃火把,我们就加入其中,在内心的场所、在一段曾于人类大地上发生的插曲里栖身并被包裹。我们的思想找到了根基,我们今日的旋律也找到了它的低音部。我们的居室变成了圣体龛(tabernacle),我是故意用这个词的,像圣书讲的那样,耶稣选择在人群中居住,嘱告要准备各种颜色的帐篷,绣上各种事物:实乃通过现象显示深刻、大写的存在。

现在我要讲的是挂在日内瓦博物馆前厅墙上的四幅巨型挂毯,它们讲诉的是圣母生平中的几个事迹:加百列奉命、天使报喜、耶稣降生和加冕。圣母占据充溢天地空间的中心位置,为左右所簇拥。下面是两幅预言书中的场景,上面描述福音故事。这些壁毯由查理五世的母亲——疯狂的约娜在十五世纪时置办,根据目录标注,是由金线、银线、蚕丝和羊毛混织成。灵巧的绣针从毯子后面缝合两端,在每一块上都根据人—神的构图,汇集四个救赎故事的场景。天地之相接出自同一手艺,造物主与他荣耀的作品亦被同一条线相连。这条线将在圣迹的历史中四处穿行,寻找可配合它织出自己花朵与根茎的题材。这些竖在我们面前的、尺幅巨大的书页超出了眼睛能瞬间吸收的能力。后者没办法像看书那样逐字逐行地阅读。这些是被某种内心之光照得像圣餐饼一样白的脸,那是如花体首字点缀时光之书般,邀请我们在神学织布上去搜索的、散落于各处的天赐食物。在这神圣处所的每个角落,我们要侧耳倾听那些同时发生的对话,正在宣说圣诞的佳音。从西面(Siméon)怀中抱着的孩子,我们的眼要一直向上看到高处坐在圣父右边的圣言(即圣子),被钉子穿孔的手正拿着冠冕。从那儿,他又降落到一群狮子中间,我想说的是那些蓄胡须的先知们,正向彼此大声分享着捕获来的希伯来文。像以赛亚说的那样,那是刻在书页上的简约的圣言。从高处倾下来的天使,经由一条对角线,把这书交给圣母。四张画面中有三处,她都虔诚地手捧这本诵经集,虽然早已熟记于心。我们也是这样,所有分散的字母组成的词语,都是我们心中的赞叹,像先知巴兰时代那串长长的许诺分成四个营地一样。以色列,你的帐篷多美! 只有当一切都像风吹过蛛网,各种宛转迂回的关系结构都运动起来,所有都开始在周围对话的时候,我们才会把注意力放在某个场景上。被天使从空中传递过来的圣言，又在衣料的窸窸窣窣声中，和玛丽亚一同升天。据说圣母在心中能比量任何事物。她十指所捧小书的象征意义即由此而来（《启示录》也一样）。摩西从西乃山下来带了两块石板，一切都外在地记载在上面；而被世世代代的人（可能并不只是人，还有所有有幸具备生命、得到召唤的存在）称为真福者的圣母，在穷尽了所有这本秘密典籍、这封情书的章节之后，升上了天空。这情书是她的伴侣以万物之名请她来参与的。"来吧，我的妻子、姐妹、我的白鸽，还要给你什么别的称呼？所有这些名字都将逐一编织进洛蕾特(litanie de Lorette)的连祷。求你容我得见你的面容，你的面容多么秀美！求你让我得听你的声音，你的声音多么柔和！可但愿我永远不会痛苦的从你口中听到这个字：'逃吧，fuge!'所罗门正是用它结束了《雅歌》。现在，时光变换，时刻已来临。来吧，你将被加冕!"而她，一生只为阐明一个完整的美好意愿，除了这个还会回答什么呢："我在这儿!""我在这儿"，她说。随着衣裙大大的褶皱，随着紫色、纯金、丝绒蓝的层层展开，《圣母颂》巨大的波浪穿透宇宙，布满四方。

3

病人的梦

自生病卧床以来，格外注意四壁之内光的增减强弱，内心的惴惴不安之光，是因为今日也不会有什么特别。这期间接待了很多访客。病人，总是在那儿，像河流中可悲的木桩，招惹、接收各种水上漂浮物。其中一位，自我离开日本后一直未见。无疑是近日翻旧纸堆激活的。他的样子，像一只冬蝇①。

"哎呀，是您，亲爱的朋友！您的气色不太好呀！"

"您的也不怎么样！咱们聊聊吧！"

"还记得我们在日本时的谈话吗？关于瓦格纳的大

---

① 冬蝇，是俳句中季语之一，大意是：夏天活跃的生物，随冬天的脚步走向生命的尽头。即使令人厌恶的苍蝇，在被捕捉时也用尽衰微之力求生，古人在此感到"物哀"，将其设为季语。克洛岱尔在日本做大使期间与当地文人、艺术家密切往来，应是知晓这一季语，在此用作比喻。——译注

辩论？"

"我今天不想和您谈瓦格纳。我知道您现在正在日耳曼魅力的笼罩下。得知您从收音机里把《伊瑟之死》从头听到尾，我忍不住笑。"

"是……突然在眼前看到亲爱之人已被衰老这只无情的手左右，真是伤感！忧伤中又不乏讽刺。您知道吗？我曾想过整个德国音乐会不会被拖进 Walhall 的灾难中。"

"我也有同样的忧虑，只是不便公开说罢了。"

"其实，是否是天主教徒会彻底改变我们对音乐世界这一理想现实的态度。当我皈依时我就意识到了这个问题，大卫王让高劳纳(Colonne)迅速失去了我的忠诚。所以要问一下自己，我们喜欢的音乐是否是一种平庸而自大的替代品，是否是这个我们曾经失去、现在有难得一闻的机会可寻回的无上真实的替代品。时运不济的情人拼命把琴往有破洞的大衣里藏，和丈夫不会有同样的态度，后者即使老迈，还会在指根上看到纯金闪光。"

"所以，这是所有关于失乐园的感叹和业余者们的试图代替……"

"可这对我们有什么意义呢？现在我们已迈过这道门槛，何必再朝这片已见过所有海市蜃楼的沙漠转过身去？一旦找到面包和酒，就不再需要瓦格纳用可疑的圣杯盛装的拼凑了。

总的来说,他的音乐就是夏甲,那些长老为了撒拉的利益毫不犹豫的把她打发走①。就让她在异教徒的帐篷下随意游荡吧! 但我再重复一下,今天要跟你说的不是瓦格纳。"

　　"那么,就是还要谈谈我们亲切的日本了?"

　　"如果愿意的话,就谈谈您以前曾在哪儿说过的两片竹片竹节相对,敲击出音乐的事儿吧。"

　　"我看出来了,今天您对音乐格外敏感,而且是那种用眼去沉浸其中,没有运动,或者说无声的音乐。"

　　"为了理解,冥想的时候我们也是在做一种运动。但没有运动能足够快速多样到逃离连续,能让目光在被打了声招呼后无从捕捉。"

　　"刚才我几乎就要在您的唇上读出'停住'这个词儿了,'打招呼'更好。运动是不能被停住的。"

　　"上次替您去看鲁本斯展览,收获了一些感想,趁新鲜跟您汇报一下吧。"

　　"谢谢! 单听到鲁本斯的名字,我就好了不少。那呼吸着的血液、成熟女神手拿的神奇蜜水、避开阴霾放射光芒的神圣肉体、女人的颜色、举到唇前的花篮、尘世的玫瑰,还有转向我

---

　　① 《旧约》中的人物。撒拉因不能生育把夏甲给丈夫亚伯拉罕做妾。神后来又允许撒拉生子,她便要求将夏甲母子赶走。——译注

们的、为众人所称颂的面容和宽大的下摆与褶皱,那是青翠的田野和蓝天一般的金镶银！这些对思想来说都是良药。"

"我发现展览目录的一页上写了:鲁本斯,云彩。"

"云彩……这个弗拉芒画家倒不是云雾缭绕型的。可没什么比他用黏土揉成的半身像和四肢更柔软、更可触摸,他那雕塑家的手一点也不比作为画家的手逊色。"

"我本想说鲁本斯应该经常观察埃斯科河上的云彩,看过天上那些在日落时分被染红的壮丽行云,正是冲着它们,大教堂一直发射着自己的顶尖。大拇指伸入调色板孔里,他懂得这些步履缓慢的使者、懂得这些美丽、浑圆的大面如何温顺的移动;懂得那儿是飞腾的马车、堆高的宝座、女巨人的后背,懂得这些肌肉、腹部、被徐徐和风吹胀起的船舰,还有这位在小号声中欢乐入场的、来自北方大海的王后。"

"只有我们西欧才有这样的景象。从大西洋中部开始,一切都让位给电力。有时是一大片停滞的电轮船,有时是北极来的铁耙子带着地狱的气息来扫荡尘间。至于远东,不用提醒你了,那是统一的、瓷与奶混合的气氛。"

"我在一本橙色的小书中饶有兴趣的读到您写的关于伦勃朗的《夜巡》的文字。画从前景到后景,不过是一个整体逐渐解体的运动。卢浮宫《盛大的主保瞻礼节》那幅画也是这样！"

图 69　鲁本斯,《美第奇到达马赛》,1622 年

"这幅油画,我好像在哪儿看到,说是启发'la'协和音程的变化?"

"只需把它给那些和您一样,认为绘画停住了自己捕捉到的东西的门外汉看就行了。我看到您的抗议了。对于心灵来说,能同时享有持久和运动是一种刺激的快感。像那些希腊雕塑也不只是完成了一个站立的身体,而是各部分共同的作用导致了这种直立。我在您家看到的,表现一个正在醒来的女人那幅画也是这样。即便是一目了然的静物写生,这些物体作为一个象征性的集合,同样也存在着运动和意义。是火腿肠自己要躺在等着它的空盘子里,而我们是被邀请来在内心支持这种运动的。在《盛大的主保瞻礼节》这幅画中,左边有一群不动的人或坐或卧,正在吃东西、交谈、相互拥抱。孩子在怀里喝奶,老人喝瓶里的水。上方几位乐师抱着圆鼓鼓的风笛。而摆动就这样开始了。最初,不过是抬起的一只脚;弯起来放在头上勾住农妇的一只手;另一只用力拖走对方任其摆布的身体。接下来,所有这些热情急剧加速的人们开始旋转。弯曲的膝盖让身体离开地面,男人在不能自持的迷情中把舞伴拎起。两副躯体贴在一起,想亲密无间却终不可得。所有这些,在右边这两对人身上结束,随他们一起奔向了空旷的田野。整幅画可以说是一场感性的精神交响乐,是看似同时发生的一系列事件。动而不动,目光下的思想保持不动。

154

图 70　鲁本斯,《盛大的主保瞻礼节》,1635 年

一切同时呈现。①"

"我喜欢鲁本斯画中的戏剧感,我把这称之为展览的特性。"

"那你应该见过目录上我不知道的那副《圣本笃的奇迹》了。整幅画建立在光的关系之上,让人想起柏辽兹分奏的交响曲。天上光溜溜的小天使簇拥在圣三位一体的脚下。地上

---

① 鲁本斯的《爱情园》现存或曾存于普拉多博物馆。画面上不是离心运动而是向心运动。两对男女穿着庄严华丽的服饰从左右两端走向构图中心。中心有几位丰盈的成年女子。右面一对,女方挽着爱人的手,左面,男方搂着自己的心上人。天地间各处都有小天使把上帝的选民推向中央。代替胖伴娘把哀伤目光举向天空的,是一只拿着沙漏的手。后景是一座很有气派的房屋,幽暗的拱顶下孤零零点了一只火把,有些阴森。

一群人集合了人间所有的悲惨,鼠疫患者、鬼怪附身者,还有扭曲着身子向上帝呼喊的人们。角落里是一匹向空中圣景嘶鸣的骏马。这里,按照不同提示安排了三个亮点。圣本笃和跟随他的几个僧侣在中间一条堤堰或岬角上。一身黑袍湮没了他的个性色彩。在高处天使汹涌的洁白之身和最底层绝望的人群之间,他伸出一只沟通的手。构图的右边是苦行书中称为世间的景象,即一群可笑的、穿着狂欢节服装的领主和军官,打着浮华的旗帜,依纳爵在他著名的沉思录中曾对此有描述。这群骄傲的人看到圣本笃的手势惊慌退散,而它却并非针对他们,而是要把天地合一。"

图 71　鲁本斯,《圣本笃的奇迹》,1630—1635 年

"我看，这比之前那幅还要好，围绕这只有力度的手和光之间的对话已经构成一出剧、一个故事了。另一幅鲁本斯的草图，是围绕一把火枪组织的骑士之战，单色画上只有这么一笔红色。"

"我不喜欢被打断，您听懂了我刚才说的吗？"

"我尽量！尽量！"

"那您把手指放左耳朵里，别我在右边大声讲话，结果，都从左边出去了！"

"放好了！我现在就是小兔子柴诺，一只耳朵站岗，一只耳朵耷拉，这样听得更清楚。一边打开，提足精神，一边放弃，不用了。"

"好，那右边可竖好了！现在我的手指要抬起来给您讲中国花瓶了！那是一种收尾的艺术，能带人一点点回到最初。"

"博物馆里摆放这些精美陶瓷的方式太恐怖了！就那样把它们堆在玻璃柜里。其实，这些高贵的存在，如同我们恰如其分形容的贵妇们一样，是无与伦比的，它们需要周围有一些肃穆、寂静的延展。现在，这些冥想和思想的英雄，被当成碗橱里的调味品一般对待！像水族馆里本属于无垠大海的游泳健将，可怜地蜷在笼子里！"

"您说完了吗？"

"这些玄乎其玄的赤裸乱七八糟的堆放，让我想起倒霉画家安格尔的一幅不入流的作品:《土耳其浴室》。上面一群裸女层层叠叠,像饼上爬满了虫子。"

"如果是你来决定的话……"

"那就不会是这样荒唐又让人反感的拥挤了。像这些花瓶,最好从中选几个最美、最纯的,在充满精品的卢浮宫里找一个房间,放在最中央,像某种献祭、题赠那样。或摆放在某个辉煌的前厅的入口处,宣告或代表惊艳之声。"

"这可不是这位美国收藏家,或者说,堆货工的态度。在他那儿,最高贵的物件也被当成房里的便壶。"

"其实花瓶不应止于被看、被围绕着欣赏,应该把它拿在手中,而不仅是放在眼里;用我们指尖的十觉去体会、触摸、把玩、赏析它的形体;日复一日,当它也加入这守望者的情感后,就会充斥在某个归隐深处,遍洒微光。而不是被某个女士天真无邪的插上几支花,或插上一盏灯!"

"花或者灯,不过是试图用粗糙的物质填充空器皿中满盛的内在呼唤。"

"现在继续您的阐释吧,我悉听尊便。"

"我们刚才说到固定中的运动是艺术创作的对象。还举了古代雕塑的例子,那是在两条腿站立的创造者面前实现的、永恒存在的奇迹。"

"而中国的花瓶……"

"中国的花瓶。中国的花瓶是更神秘的奇迹！它不像我们在大自然里遇到的任何东西，或者它只是在思想和欲求的合作方式上与之略有关联。并且它已经摆脱了世俗的用处，而像希腊花瓶还是为了有用而做，如汲水、盛装、洒散东西。中国花瓶的精髓是空。"

"就像'是(Oui)'这个字，若你需要，我定不吝惜！"

"对空的强调，是全部的中国哲理、全部的中国艺术。所有存在中包含的空，就是那条神秘的道路，是道，是灵，是倾向，是有节律的气息，而中国花瓶赋予了它最完美的形式，实现了亚里士多德'灵魂是肉体形式'的命题。我们不妨结合这个典型的模型想想。瓶子包括三部分：容器或瓶肚，多少拉长的瓶颈代表了呼吸或向往，或多或少摊开的瓶口，则是向不可见的扩张；这个出口，如果您乐意的话，也可以说是一个接口，与精神的接口。"

"我们称为瓷器的，就是这用凝固的光和黏土的灵做成的整体。"

"脆弱如一场梦幻，坚不可摧如同理念。"

"您刚才说的三部分的关系可以引出几种包含无穷变化的人的类型：有些侧重头冠、有些狭窄如吞食，而第三种则是腹内有库。"

"花瓶，出自智者之手，和泥塑木雕的偶像不可同日而语。

它不是按形体框架粗糙固定的人，而是于寂静无声中庆祝自己运作的灵魂。它是行动着的气息，尽吸灵气于胸廓后，用弹性动人的身体向上帝伸展、盛开，活似家中神龛中央穿纯色衣袍的主祭。一切都在运动，一切都是运动，但当我们把手放在冰冷的瓶壁上时，又触及不到任何可怀疑是变化的东西，圆融得像一条完美的定律。永恒就包含在过程之中，既明确又隐蔽。这是艺术创造出的神秘存在，既是一种象征，也是一种风格的形成。"①

"好，像英语谚语说的那样，'把这个放烟斗里抽掉吧'！我正这么做呢。现在我们也许可以你来我往的讨论一下刚才被您忽略的颜色的问题。花瓶不总是用白色和光做成的，不总是和粗俗、平常相对的非物质的东西。我们也可以认为，灵魂同样能被颜色形容：蓝色是天空，玫瑰色是清晨，红色是血液，绿色是春天。总之，各种场景和主题——花、果、动物、人物、风景穿过这些纯洁、通透的圆柱内壁吐露出来，如同穿越肉身浮现的记忆。我们似乎也可以由此区分两种绘画，一种，像是从外部作用到某个表面，或合适的表面；一种，像我之前说的，是自内而外的发散。"

---

① Dead things with inbreathes sense able to pierce. (John Milton: On solemn music.)

"但有这样一个事实值得注意,花瓶并不总是被设计为一种孤独的向往和被精神充盈的、有深度的肉体,或像我们刚才说的,是有一片玄奥天地的英雄。它还可以是用来对比的元素,和其他形式建立关系:例如那边的装饰,据说有五个房间,是模仿家族祠堂的格局;而香炉紧抓地面、向上收拢的雄姿,像是为了借升腾的烟雾把自己的燃烧更好的献给上天。核心的那一缕烟是为了和两边与寂静和音声博弈的双耳形成对比,后者也像两片同时张开又无力合上的嘴唇①,我称之为颂歌的下声部、神坛的辅祭和参加燔祭的乐师。"

"看来又一点点回到我那两片绿竹片上了。"

"音乐总是由一系列音符和和声构成吗?难道它在本质上不是数字和度的问题?不是对整体做出可辨识和悦耳的重复?不是由连续和间断构成的一串旋律?不是智力上的一种领悟吗?"

"您的话让我想起曾在华盛顿弗里尔美术馆看过的一幅李公麟的山水画。现实的风景巧妙的与想象的风景混合在一起,智士、仙人居住并往来其间。有一座桥做媒介。"

"我记得这幅水墨家园,像被袅袅笛音吹出来的一样。"

"这些智士、仙人的作用,难道不就是沿着这条乐土,在长

---

① 花瓶的另一种解释,是某种内在的意图,某种精神水平的表现。

轴中规定的位置制造交接和过渡吗？就像手指按准琴弦发出音声一样。"

"和您说话真是令人愉悦！格外投缘！就像社交游戏里的击掌，两个年轻女孩交替拍自己和对方的手，如果我是音乐家，我能就此写上一段小曲儿。"

"这低音的水平线，或者说这音的'持续'，让人物如乐符般镶嵌其中，这是中国绘画的核心因素。琴拨子就是在这上面，像牵牛信步的农夫一样，信手划出一段旋律。我看过一幅宋朝的卷轴，水平线被一匹长长的绸缎代替，周围活跃着许多娟秀的年轻女子，有的面孔朝外，有的只见后背。眼睛高兴的把画从左到右一瞥看完，像读到一句能熟练断句的话。"

"但有的时候，整个画面是建立在不同人物的身高和距离关系上的。不像在欧洲画里那样，是一条连续的曲线贯穿了同一个场景里的不同人物。这里是高矮不等的人物，彼此孤立在自己的范围里。我想到的是顾恺之金字塔形的构图，即我们称为《和睦家庭生活》①的那幅画。"

"这样我们就又回到弗里尔美术馆，回到你很欣赏的那件屏风上了，这次是日本的。"

"我记得。屏风上那些人物在乐谱般的四条水平线上分

---

① 即《女史箴图》。——译注

布。第一根线是一道栅栏，其他三根是一幅风景中连续的线条：同一个东西，接连三次研究、继续自己的平行物。时而单独，时而成双，时而三个一起，间距不等，形体有别，高度相称，也构成了某种音乐般可读可唱的东西。这里，运动只来自于这静止又相互呼应着的关系和将瞬间分割的精妙间距。整个空间因为这一系列合理的出现①开始抑扬顿挫，直至成为一种表达。"

"好，那么为了结束这次谈话，我想给您讲个小故事。一位老画家，为了给自己的职业生涯画一个句号，决心构思一幅可做灵魂'最终栖息之地'的画。经过漫长的隐居后，他把一幅绢画带到皇帝面前，让他和围绕身边的一众臣子共同审阅。每个人看后都立刻明白这是件杰作。但何来这隐隐的失落和不妥之感呢？像是有个说不清在哪儿的问题存在着。一人暗自贬低画的线条；旁人说是颜色的问题，但又难以定位，好像处处都有点美中不足。皇帝措辞微妙而有分寸，说出了众人的印象。老人手藏广袖之内，静静地听着，不置一辞。等所有的批评都结束了，他庄重地一鞠躬，然后，就像我马上要做的

---

① 不难想象一下最近在巴黎展出的纳鲍纳壁毯，表现圣三位一体的创世传说。七天中的每一天，圣三位一体都以三个大祭司的面貌出现，长相一样，穿的袍子也一样。天主创世时是三人，他在自己之内，也在自己之外。他看出都是"三"这个数字。

那样,神秘地把脚伸进画里……消失了!"

　　"'……消失了!'哎,真的,他也不见了。这真是新鲜! 我还想知道这幅画后来怎么样了呢。"

1937 年 2 月 2 日

4

十二、十三世纪法国大教堂的彩窗

从前，学校里曾流行一句话，权威地宣称自然不是跳跃式发展的。后来，一些学者擦了擦眼镜，发现事实绝非如此。我认为，艺术史和自然史的情况一样，一个突然的创举会接替某个缓慢的、方式上的组建。就这样，忽然一下出现一个新事物，这对那些持渐进论的人来说殊为可恼。彩窗便是如此。如果我们不囿于它的诞生时间，即在伟大的、十字军东征的十二世纪，我们不可能不注意到那些明亮的格子是对拜占庭镶嵌画天才的移植，而且据了解，也的确是突发的移植。几篇措辞模糊的文章曾提到亚达尔培翁（Adalbéron）和圣雷杰（Saint Léger）的名字，似指公元一千年前已有类似尝试。好像十一世纪中旬在奥格斯堡也有迹可循。但这明亮的色彩天堂却是在武功歌的时代忽然一下以遍及整个法国的势头出现，像是为了给周围新兴的大教堂披上圣约瑟那样绚丽的祭袍一般，并且，在短时间内就完美地实现了。当时我们的国家，诚如老史学家说的那样，"覆盖在教堂的白袍下"。但司祭的白色长衫上还是白色的祭袍和法衣，石头上铸成的却是黄金与灵魂的薄膜！地下的墓穴、迫害与野蛮带来的束缚和屈辱都已结束，在阳光下大胆歌唱的时代来临了！《雅歌》中的新妇问："我脚边有件新衣，是异教徒的，能穿吗？"圣保罗说："我不想裸身，要穿上衣服。"

我刚才引用了《圣经》。为了了解那一直激发神殿的建造者和装潢者内心的精神力量，难道不应从这核心的文本着手吗？圣书告诉我们，耶和华是怎样细致地揭示了供奉用的器物和建筑的样式，它们无一不对应着深刻的象征意图。在摩西和所罗门的眼里，它们就像被上帝亲手画出一样。"我的心"，《列王记》中说，"不仅我的心，我的眼也必将常在那里。"而先知撒迦利亚说："我在耶稣面前放的石头上有七只眼。"在漫长的世纪里，就是这心与眼恒久的存在与守望指点着天主教的建筑家，他们和创世者一起承担了阐释永恒的重担，像圣福蒂纳图斯（Saint Fortuna）的颂歌所说的那样：让旧文献里长出新的仪式。古代的神灵与夜行动物相伴，蛰居在黑暗的洞穴，天主教的启示就是给这洞穴以扩充和光明。《历代志》告诉我们，当所罗门敬奉完毕，即有天降大火烧尽燔祭和其他贡

168

品,上帝的荣光,如同在西乃山显圣一样,充满了整个屋子。《出埃及记》中则说,上帝之光如烈火显现。正是这火焰映照在了拜占庭教堂着彩镀金的墙壁上,也是它给耶路撒冷披上了华服。《启示录》里说这天降之城就像身披阳光、脚踩月亮(意即变化)的新娘。[①]《诗篇》的第四十四章则描绘得头头是道,我们唇中再也说不出更美的语言来赞颂壮丽的教堂:王后佩戴俄斐金饰站在你右边。象牙宫里,你的衣服发出没药、沉香、肉桂的香气(所有这些美味的色彩、可见的香脂都被通感到了嗅觉的领域)。可还有哪种象牙比法兰西骨髓般的白色大理石更美? 还有哪种麦子比永恒的小麦更适宜安居呢?

彩色玻璃窗的基本理念是这样的:

和古代的庙宇一样,天主教的教堂首先也是在需要拾阶而上的、略高的平台上设坛(我们的《诗篇》中有十五级台阶,称《升陛咏》)。之后,是在正面或侧面开门,前有门廊,像投射的阴影。信众由此走入建筑中心,两侧廊柱寂然成行,陪伴、测量他们的脚步,在歌声环绕中令其愈显庄重。宣讲福音书和教义的高台下是与大堂十字交叉的耳堂,它们起到空地或储藏的作用。然后,便是悠扬的塔楼将整个城市罩在其铜影

---

① 以西结说一切宝石、玛瑙、碧玉、苍玉都是她的外表。《诗篇》中有一句说,我给你戴上宝石的华冠。

之下，把上帝的存在宣诸四方。建筑的规模，一定要足够高用以祈祷、足够大用以泛爱众、足够长用以拓展视野才行。所以，将光引入神圣拱形最深处的窗子怎么可能没有精神意义呢？那是上帝亲自要挪亚开在他住处（In cubito）上方的。《雅歌》中的女人说，自己那神圣的情人就是她无处不在的心之居所，他透过门孔看她，从一切缝隙进入。这也是为什么教堂想到用透明的水晶来定义非物质性的界限，靠它从外面取光，让灵魂的幽深冥想和周围的直接光照这两种不同密度的迹象在那里交流。先知们描绘的、万能的主脚下的玻璃海、神秘的宝石蓝光在这里完全表现出来。水和灵得以结合，而从前，它们只结合在洗礼盆上。《诗篇》中说，上帝让我们和洪水一起。我们和他一起埋在平和的深渊，净居在这美妙的物质中，呼吸着这神秘。"将我的麻衣脱去，披上喜乐，让我从心里赞颂你。"

创造的天性哪里都一样，无论是蛹中的幼虫、母亲怀里的婴儿还是感觉是时候落笔传神的艺术家，因为涉及的不是生产，而是创造，我们只能在一种警醒着的睡眠状态下或在我称之为某种盲目的清明中进行，完全受需求的驱使作业。从前的人就是这样，当古老教堂的墙壁外扩后，他们就明白，在新的氛围下得想办法满足这样一个迫切的需求，即保持并确定上帝和人之间这共同的居所。得让灵魂有在家的感觉，得让它的隐居和冥想得到保障。先知说:希望躲过风暴、走出酷暑和非时的气候进入阴凉。那么,又怎样让光明进入我们内心的洞穴呢?第一个想法就是遵照给诺亚的建议,从高处采光,接下来,如果下面的灵魂感觉被石头压制,承载得太苦,就要在它们和外面的世界之间加上一层幕障,就像至今沙特尔大教堂还保留着的童贞女的面纱那样。这就没有比玻璃更合适的东西了。既然它是透明的,何不就让被它捕捉到的光线来照亮和颂扬庄严的队列(在拜占庭和拉文纳的长方形教堂里,这些队列起到加强两侧圆柱效果的作用)?何不以人的光辉来代替金饰的光?还有什么比把列王、先知和使徒们的像嵌在上方高窗这现成的镜框里更自然?放得和我们一样高,会觉得不妥,因为只有抬眼仰望这些住在另一个世界的巨人和圣徒时,我们才能看到他们走入我们之中。对于把虔诚的信徒和朝圣者领过来的善良百姓来说,又有什么比在那里展示各种有趣、有意义的故事更自然呢?在真实超过虚构的天主教的伟大史诗中,所有虔诚的故事与传奇,将证明自己配得上"圣徒金传"这样的说法,在光明下示人,用所有人都看得懂的彩色文字刻在大篇幅上。像我们曾在古埃及的壁画前看到的那样,有向导手执小棒,把惊讶、谦卑的朝圣者从一幅画领向另一幅。

《三十号彩窗——教皇圣西尔维斯特生平》。上方是泥瓦匠诸施主。这处表现的是西律尤斯接见幼年的西尔维斯特，那边是西律尤斯接见蒂莫泰，后者身首分家，脑袋被砍。圣西尔维斯特在塔奎尼乌斯面前，后者，就是那个穿绿衣服的人，把他投入了监狱。塔奎尼乌斯因鱼骨噎死。这里我没太看懂，但无碍。有两个人在谈话，还有两条狗，是两条狗。医生建议君士坦丁洗血浴，要童子的鲜血才行。三千个童男童女已被聚集，但君士坦丁动了恻隐之心，把他们交还给各自的母亲。接下来，是坐着的君士坦丁大帝。一名犹太巫师为了证明其法术，在公牛耳边讲了数语，牛便死了，圣西尔维斯特起死回生，这奇迹使海伦娜和在场诸改信了教，等等。所有这些，对普通大众来说如同面包和酒。所有这些曾刻在想象里的故事，现在用火的线条讲述了出来。我们的先人曾在无数个夜里，在小茅屋中重复着这些鲜明而又缤纷多彩的故事。后来，这些灿烂的遗产，通过走街串巷的小贩的年历和埃比那民间故事集①才被默默地收集起来。

这就是我们的祖先知道利用光线所做的事，他们做彩窗，并用彩窗示人以悲悯。而我们现在只知道照相！

今天，漫不经心的散步者还不如中世纪的庄稼汉，不知道

① 饱学之士嗤之以鼻，不妨碍四个世纪以来大人用这些传闻来哄孩子。如希腊演说家口含石子练习辩才，以及暴君特尼和核桃壳的故事等，蒙田讲得滔滔不绝。

去读和理解,而是在局促又抗拒、着迷又不满的状态下,无知地面对玻璃窗在紫红色和神迹的光晕中倾给我们的彩色珍宝。幸运的是,在这些纯真、高尚、而今已超出我们辨识能力的故事背后,还有一个磷光世界在我们周围跃动,像一部潜在的《圣经》要求得到表达。我想起荒唐的词形变化表,从前的哲学老师不厌其烦地用来骚扰我们的耳朵。他们觉得,偶然足已解释一切,把字母表足够搅和一通之后,出现在眼前的将不再是学究的傻气,而是《伊利亚特》! 现在,它就在大教堂的神秘中心编织、沸腾、煮成一首无字之诗,平息智识以飨心灵。千头万绪挤眉弄眼,咿咿呀呀,苦于开始万头攒动的状态,那是酝酿中的词汇,拒绝在明确自身期间得出任何阐释。《诗篇》中说,无言无语,亦无声可听。如果上帝用净化以赛亚嘴唇的火焰完善我的耳,在如星辰般的材料中央,让这遍布我周围的圣迹之图闪耀如红宝石的话,也许我会领悟得更好。可是,唉! 我还是把自己比成教堂墙上演奏弦琴的驴子吧,这地方可不缺发声的楼阁。嘴巴因为好脾气张着,不过是自己在转动乡村乐器的手柄,衬托、欣赏自己的叫声。看,钟楼角上被它默默注视了几个世纪的天使,通常我们称为正午天使,因为他向那些准备跨过神圣门槛的信徒展示或解说着日晷和隆重的时刻。刻度角上的弧,是建筑内部射出的线保证了角与角之间的关联;而圆,则是由逐渐从东向西转的光描绘出来的,是个调色板。说到这儿,我似乎懂了一点儿！这座曾经几次接纳我的神殿,是《创世记》上说的非同寻常之地,是伯特利(Béthel),是上帝和人的家园。我周边环绕的这不可数计的辉煌、耀眼的空间和无声的跃动,即便在白昼也如群星闪耀的夜空,是圣宠,是上帝和人之间沟通的语言,为了让人听到,除了用这光线,即大写的"他"的化身,再也没有更合适的了。巨大的管风琴如大卫的竖琴一般形状,挂在侧墙上。上帝其实并不需要它。它只能把我们的耳朵震聋,在键盘和音管(像空心的光)的游戏中,冗长地演绎正确却干巴巴的旋律。这些音符、音调即持久又重复,汇成一种渐弱又重振的语言,像一颗几被遗忘的星星,重新寻找之下,发现它就在那儿！

亚当之子跪在教堂中,将脸转向主,上帝在他的灵魂之眼面前。他,在大写的他面前被导向某个显现,但头两侧的耳朵却感到身边有一群人的陪伴。他崇敬这言语无法表达的凝聚力。此处的上帝,是统帅着队伍的上帝,在他面前,女人的儿子知道自己并非独处旷野,而是和活着的人群,和全部的智力、体力,和一种与其说取决于外在的界限,不如说取决于内在关联的无限连接了起来。他周围的一切由此得到了表达。这玻璃的幕帐,这些散落各处的颜色和亮点的急切忏悔,如同合唱的赞歌和持久的爆发一样有价值,而不仅仅是一篇叙述。曾经泥土上的颜料在透明的作用下,于空中得到了荣耀。

孤寂如鸣,乐声如寂,十字架约翰如是说。

但不是的,这是另一回事! 被配合支持和滋养的音乐是一串乐符,是一段、一句,是连续的。而这里,是同时的。一切一起闪耀,共同作业,同时演奏却没有谁开始或结束。大地上的颜色,是物体在光线的探寻下产生的,矿物、植物、生命体都外在显现于这目光之下。而这里的颜色,纯净得脱离了物体,像情感从感官飞升出来。我们周围这些大片的彩色玻璃是感受着的物质,是对智识之光敏感的抽象物质,是奇迹般脱离实体的意外,而我们就被包裹在这细腻、微妙、变动不息的敏感中。它从光线那里为自己争取幽暗的特权,这红、这蓝、这绿,就是它拿出来的彩色赎金。春光秋色中的森林,靠成熟或死亡中的树叶展开无尽的变化。放射、反光或滤光、再反光,都在这里被固定、悬挂在我们周围,没有出口不被幔帐遮挡。不是紫红,便是蒙蒙的灰和一片凄凉的水,像绿色薄雾中闪着无数猩红的光点。这就是失而复得的天堂。它的喃喃低语、耀眼的黑暗和无数忠告包围、渗透了我们。我们意识到它就在我们左右。

这是无休止的。它活着、跃动着、睡着、闪耀着、点燃了,无论是电光石火还是熊熊烈火,都燃烧着。红宝石、绿宝石、深蓝钴,在划开那一下便像被氧气激活的肺部血液,释放出本质和魂魄,借燃烧证明内在的品质。所有这些颜色、所有这些缤纷的亮点都不是静止的,都在燃烧、歌唱,仅凭多样性就营造出惊人的嘤鸣之声！还不止这些！太阳刚才在右边，傍晚，又到了左边，更低了，现在上升，光线反而下降。当北方的狮子开始怒吼、喷火，当青紫色被紫红色代替时，南方的花朵便暗淡了下去：从唱赞颂到做晚祷，弥撒的各个时间就这样前后相继！在蓝色的圣母像前我驻足凝望了一个钟头，她有一圈勿忘草的光环嵌在通称为"美丽玻璃窗"的高处。所有时刻中的这一时刻，即复活节隔天早上十点钟，所有庄严、纯洁的呼喊、涤荡尘垢的清新、显露于外而让人感到其清净内心的快乐和来去自由的云朵，都被表现了出来；像一张逐渐生动、绽露笑容而后又变得严肃的面庞，现在又准备在跪着的天使中重启这神圣的微笑！如是，燔祭后犹有青烟；如是，老年人的灵魂不像青年人一般燃烧，但在悠长的热忱后，清明的心中犹有纯情的承诺。

我总觉得，这些神秘叶子的变化不仅是各种色彩呢喃和变调的结果，如果不考虑白日阳光的倾斜和我们法国这变幻莫测的天空，应该也是张力的转化所导致。玻璃对光有抗拒，这种抗拒因为它所含色素的不同而有差别。它将瞬时变为永恒。每个颜色对外在的光线都有抗拒的迹象，或将其缩减，或任其穿透。它挡住阳光，在抗拒的同时迫使对方坚持并变得持久。装饰这座建筑的每一块透明板，特别是下面的那些，都可以说是一曲抵抗的协奏。在奥依语中，鼻音、二合元音和极具潜能不发音的"e"一样，在语言里扮演了极其微妙、丰富的角色,让刺耳的拉丁语有所节制、停顿。使用这种语言的法国艺术家同样也觉得有必要用隐晦和低沉挡一下过于明亮的火焰,把冥想的迟缓和不知何种悔罪的苦涩与智识之光的醇美混合起来。倘能携手同游,一起参观沙特尔大教堂半圆后堂七扇窗中的右面那一扇,读者就会明白我所说的了。这扇窗曾经是皮货商供养的,天青色和天蓝色的边上,柠檬黄衬托了紫罗兰奢华的高调。[①] 伴随火焰的不独有蝾螈,还要加一道屏幕,挡住猛烈的热气。所以,才有厚厚的珐琅层,有大概是用潮湿而耐高温的烧土做成的粘胶,艺术家把它们涂在某些,尤其是低层的门窗上,把刚健、嘹亮的小号声留给上层,最终让整个乐队的声音在玫瑰窗那里广大发扬。一篇神秘而灿烂的文章,简洁明快的星辰为句读!蒂尔城的紫红色、鲜红的宝石搭扣、示巴女王的丝绸裙、六月的外衣上闪耀着萤光,叫喊伴随着叹息!基督教的灵魂,就这样,是你的内心世界,是你的静默不语,是你被请到在上帝面前的幕帐来自我沉淀。而此时,你所有的窗前都升起守卫[②],苍穹中是希望、生命、激

---

① 约伯说,埃塞俄比亚的水苍玉美得无法比拟。《诗篇》说:我珍惜你的劝诫甚于精金美玉。

② 这是看守神圣女囚的白眼巨人阿尔戈斯(Argus)。请回忆一下悲剧作家塞内卡的这段妙语:当朱诺站在底比斯宫殿顶上,看到夜空闪耀的满是丈夫对自己的背叛。

情、回忆、良言规劝、明明灭灭的思绪，是圣人的鼓励和阴沉的悔恨；是一片宽恕与罪孽、愚昧和澄明的织物，是真理在你周围无边的酝酿！

若有人肯研究这些垂直的花圃，而不是任由肌肤被动地暴露在这模糊的光中，便可分辨出它无非两个主题：抽取永恒并存留。前者，我曾猜想是取材于拜占庭仪式。后者，我想说是从装饰图中被突显出来的、某种类似纹章刻图的钱币、奖牌，当然我们也可毫无困难地联想到所罗门士兵的盾牌，上面的图案就像视网膜上成像的图景。这是细密画里耐心艺术的移植。我也想到那些门廊的雕像，先知或圣者的胸前都有某种类似圆盘的东西，象征性地表明他们的信息或使命。所以，亚眠大教堂的正门上，"贞洁"托着凤凰，"智慧"拿着可食用的根茎。像在凹面镜上那样，艺术家先把节目单集中放在准备好的框里，然后衍生规则，给圆形装上哥特式的大括号，数量翻倍，简单的蓓蕾变成野蔷薇、四叶草、四个通气的小室，还有某种回廊状的装饰分布在内沿上。最后，悬饰的想法登上了玻璃窗，并在玫瑰窗那里登峰造极！像孔雀开屏般热切地高挂在门上！首先是罗马风格的、略厚重的玫瑰窗，这时玻璃主要起到把石孔堵住的作用，后来它才变成主要元素，把"燃烧的灌木丛"移植了过来。在亚眠大教堂，书法般大胆的曲线串起了长形花瓣或仙人掌。巴黎圣母大教堂的双日最纯美，卡

178

尔卡松的圣纳泽尔大教堂里,玫瑰窗不重叠,只表现为三层花冠,外加放射的直线,但下面如果没有明亮的带状边饰就显得不完整。这种带状边饰,既是衬托也是支撑。《诗篇》第四十四章说神秘新妇衣服上的流苏,在巴黎就只有一行,或像亚眠大教堂那样,两排重叠,如泄洪道一般。

我们周围的虹光,如《启示录》所说,像绿宝石发出的异相。为了给它更大的空间,为了给和着血的,即先知所说的、包含活灵魂的玻璃之海更多的场地和出口,古代四边翘起、被墙垛支撑的方舟,不停地在加高、扩大。亚眠大殿高四十五米,博韦大教堂的唱诗堂高四十八米,象征了竖直向上、向光明攀升的极致努力。《诗篇》说:张开你的嘴,我会填满它。伟大的建筑物就是这样完成的,在别处我曾描写过它的发展。①

然后呢,突然一切都消失了!为了对抗异教的攻击,教堂用光明来自卫。但此时不再是光的戏法,将其划分、染色或做种种悦目的修饰。就让纯白的自然光一拥而入吧,祭坛被虔诚紧紧围住,虔诚围绕明晰的教义而生,教义被护教派阐明、被雄辩派诠释!关键是要看得清,把信仰放在光天化日之下,把目光调整到献祭上,把祈祷依着在圣事上。因此,巴洛克教堂把装饰的重点放在了主教席、告解席和华盖下的祭坛上。

---

① 此处应指 1905 年《诗艺》的最后一章。——译注

179

教堂,不再像中世纪时那样是城邦的升华,而是救世的导弹、灵魂的庇护所。

时间到了现代,政教协议后的资本主义教堂被内心的怀疑和外在的禁令凝缩,用蓖麻油般的透明材质来装饰。向那些被礼节和规矩吓到的民众提供贞洁的饮料和悲惨的面包。

幸运的是,彩窗与建筑一样,也产生了一种反抗,或者说革命,虽然还粗俗笨拙,但却给人以希望。最引人注意的信号便是勒兰西(Raincy)大教堂,虽然只是不完备的草图,但富有启迪意义。一位天才的建筑师,在他停驻之处,即博韦(Beauvais),重新演绎了灵魂穿越裂开的墙壁、奔向光明的运动,他想到用玻璃做礼拜堂的外壳。总的来说,这是圣堂(la Sainte Chapelle)的构思。但主建筑的完成手法比较贫乏、几近随便。如今,人们对玻璃重新产生兴趣,以现在掌握的技术来看,我们还可以设想未来种种改进的可能。

首先,我希望现代艺术家不要耽搁在中世纪上。如果说有可吸取的经验,那便是直接在材料,即玻璃上作业,不要平庸地照图去描。在艺术上,无论是建筑、雕塑,还是其他技艺,没什么比艺术家和制作者的分离更具毁灭性的了。因为这样就剥夺了我们想象和阐释的自由,以及直接摆弄材料便能获得的灵感。画色和透明色、画草图的规则和做彩窗的规则,它们不仅不同,还几乎是对立的。

但不管怎样，无论是相关的准备还是具体的实现，二十世纪的收获是创新。应该说，中世纪尚未道尽全部。为启发信众而讲述可读的故事，像我之前指出的那样，对十二世纪伟大的雕刻家们来说并不陌生。而对于进一步加强其说教特点的十五、十六世纪的艺术家，此处我们还不至于加以批评。如果说十九世纪糟糕的玻璃匠应该受罚的话，那也是为了其他的罪过，不是这一桩。在今天，和过去一样，应该为了上帝的荣耀和灵魂的福祉劳作，并不仅仅是完成装饰挂毯那么简单。没有任何道理不在勇气和欢乐中，用玻璃完成光明而有意义的诗篇。首先可以自问的是，是否能对建筑物玻璃装饰的某个整体加以完善。教堂窗子的装饰，像我们知道的那样，是超出所有既定设计和色彩的，只有圣堂是例外。那么，为何不去设想这样一座教堂，经过图案与色彩相间的走廊后，四周的玻璃只为开展一个主题或一个思想？比如，我曾想过河流的主题，在圣书中它占有很重要的位置。艺术家可以在半圆后堂的上方，用光带表现先知以西结描述过的耶路撒冷。巨大的三口水盘将水排走。这样，就有三股水流，一股下落时被祭台上的七彩光幻化成亮晶晶的水汽；另两股分别在墙壁上流淌，一切创造都到这里汲取源泉；《启示录》第二十二章第二节讲到，划分出的十二个时辰，每个都结出自己的果子，每片树叶都有治病的功效。这两股水流在大门上汇聚成喷射的蒸汽，由此现出圣母的无玷受孕图，让它出现在在永恒面前变化的世界之前，成为后者的榜样和见证。为什么不创作这样一些绘画，把历史和教义、两个世界和三个教堂结合起来呢？为什么不利用大自然的题材，如树木、浓荫、大海、动物、冰山或热带呢？所有一切都含有精神性的揭示。为了众生的福祉，为什么不去翻一翻今日印刷术给我们提供的各种美妙画册？为了颂扬圣者，为什么只平庸地表现事件而不借助象征，像艺术迄今为止一直做的那样呢？美妙的计划，为天才而呈现。只要大胆，只剩开始行动，只需相信上帝。

1937 年 4 月

巴　黎

5

艺术之路

"路"，是此彼之间要穿越一定距离的、一段关系的物质化表达，是持续的沟通和有目的或方向的、始于足下的邀请。像瞬间冒出的比喻那样，脑中同时出现两个想法，却要调动全部的耐心和词汇资源，运用标点符号艺术把它们彼此连接，逐步撑起一条行得通的文字锦带。"需求"，是鹤嘴镐、铲子、撬棒、斧头，通常是剑，握在手里。它行走在人类之前，其路径早已被眺望到地平线的聪慧之眼所明辨。通常，是大自然在我们脚下设一套斜坡、隘口和平台，鼓动甚至拖着我们开步走，我们抗拒不得。而动物靠自己就认得出大地上留下的痕迹，曾有人指给我看过一条四脚族群从东向西迁徙时的"buffalo trail"（野牛道）。各大陆并没有组成一块一成不变的平板，气候与季节之间有平衡；有呼吸，即风；有定期经过天空的迁徙，而我想说的不仅是椋鸟和大雁；有大海的呼唤；特别是有从平地到斜坡普遍却不普通的殷勤姿态所导致的河流。一切无非是重力和一种长久冥想以实现告终的运动的作用。对他物、他方，总有一种普遍的需求。

至于人，他的责任就是不要一动不动。他的准则就是要有出发点。从床到桌、从桌到工作室、从情人到妻子、从摇篮到坟墓，有一条为他的双足所渴望、无法规避的基本道路。他的上帝，合适的称呼是"道"，被钉在十字架上，像指引四方的路标。菩萨趺跏而坐，只见肚子不见脚，一心舍离。相反，柱头隐士高栖于柱上，永远像紧急动员状态下无暇他顾的哨兵。他是出发的化身，是无处不在的公民，没有固定的居所，既在，又不在。他在找寻，他轻装上阵。太阳升起时，他向在烈马上疾驰的圣乔治伸出友谊之手。

天主教教堂本身就是十字路口的巩固。从大门到祭坛、从广场到钟楼顶尖，无非是路。祭台也不过是摆放尖蜡烛和火焰的狭长平台，物质在那里试图向圣境飞升。而异教的庙宇则相反：或像封闭的盒子，旨在承装和囚禁不认识的可疑之物，如雅典娜捕捉倪厄斯时那样；或是重重围墙、层层平台（说来也许是一样的，几何图形比四壁囚禁得更多而已），充满了对一切创造的排斥。像摩西说的沙漠腹地一般从孤独到放弃，从放弃到空缺，乃至将空缺拥为己有，将一盏空杯献给虚无。圣保罗曾说,上帝把"不存在的存在"唤来身边,所以,在印度和中国的庙宇里到处有池塘,有作为运动要素,却被人为固定的水。水被剥夺了活动,却没有从目光和反光中剥离。它代表了冥想中的人,是对现时的发酵。这些水池和基本水平线上,是收拢为一个整体的塔尖。塔尖既是终点也是关键之钥,集所有形式之力——所有定理、计算、所有抽象与逻辑的对比,所有哲学、社会的条条框框——防止塌坏。希伯来诗人说,方形的石头挡住了我的路。我们可以说,挡住路的是石头的方形。

但在这些方框的内部,人活着、跳动、振动、呼吸、收缩、放大,他和自己沟通,也和其他一切存在沟通,后者以这样或那样的形式从他这儿挣脱,又和他一起抵抗着分散。没有什么比房屋更像我们的身体。身体有它的作坊、它的神经和行为、商店和通道;房屋有房间、走廊、楼梯、天线、电话线、光线,有储藏室的进进出出,还有地下室,过去的房子顶上还有供翅膀四下纷飞的鸽棚,更不用说冒着袅袅青烟的烟囱! 所有这些无非构成一个由曲折、交错道路组成的开放的脉络系统。房间,我们暂时的容器,有它的家具,椅子、沙发、床、桌、镜子、书柜、跪凳,给如虫蚁一般的人类提供了各种可操心的事——从悬置到关注,从空闲到活动,从裸置到配备。它是我们种种改变和态度的私密的仓库。

荷兰小画对我们不可捉摸的魅力即由此而来。它们的确表现的是内景，并把我们向内吸引。印在我们回忆深处的图像得到了经久不变的价值。倒影沁入镜中，和许多事物一起构成了永久可读的底版。桌上这些花和水果、旁边装了一半水的玻璃瓶和杯子、餐盘上的火腿与面包、被诊脉的病人、被交谈和音乐连接起来的男女、围着酒瓶和汤碗的宾客……他们穿过视网膜直接冲击心智与记忆；他们隆重地对待了那些不能抹杀的事物；他们是我们智力斧凿的寓意性标识；他们在我们存在的时段中纹刻了一瞬停留，用暗示之方法照亮我们精神厨房的谜。霍赫、维米尔笔下毗邻的房间、小巷和走廊、三角形的光面，像隐蔽的眼睛一样让外在或被排除在外的事物现形的镜子……这些能比一篇禁欲论更有效地把我们引向冥思、引向对内心深处的探求、对后院铺子的清点、对自我私下的意识和对思想认识上的秘密的触及；引向这先于脚步穿过一串朝向幽闭花园的小房间（像有魅力的哈莱姆小博物馆那样）的眼，引向对我们所有细胞的核实。这条过去曾用来引领神童、直到他消逝在地平线另一端的道路，哲学家伦勃朗将其折弯重叠，变成耳蜗一样的旋转楼梯，让人一步步下到冥想的深处。《雅歌》中的新妇说，"我会牵你的手，带你走进酿酒的地窖深处。"布鲁塞尔尼古拉斯·玛斯画中的老妇人拿着这地窖的钥匙。她把它挂在上方帕拉斯的雕像前，自己却垂着眼,用手指点读着膝盖上的书。光从她的身后照落,仿佛又倾洒下许多其他书本,承载那我们看不见的创作。

图72　伦勃朗,《哲学家》,1632—1633 年

我把这称为探索之路:一座建筑、一座城市、一座花园所有的曲折,一切像曲调般终将汇在一起,只是保证了我们与自身沟通的回旋,还有我们拥有的一切和我们习惯的基本轴线。所以,由林荫道和种种矩形视野构成的法式花园让至高无上的君主一眼就能确信自己的领地,确信这块为他规整的自然

是否风光怡人。而英国花园则相反地为人保留了偶然、惊喜和隐秘之处。厌倦了一清二楚，人们并不是总喜欢一览无余的投入——关于中式和日式花园我已说过太多。

但真正的路，让探险家的脚在高帮鞋里、让自行车手的大脚趾在脚蹬上颤抖的路，从一开始就让最隐秘的火花嗤嗤作响，让轰鸣的汽车亟欲将其吞噬的路，却是一股随处生发又无处可抵达的、不动的激流。Dahin！Dahin！[①] 它召唤灵魂犹如重力拖拉我们的身体。吕斯塔尔和库尔贝通过森林中的河湾、山脊上的弯路与之偶遇。路的视野回应了我们心中某种不可遏制的、或许也是最深层的东西，而我们明白德尔图良(Tertullien)的话：吾人于此世之要务，无非尽早从中脱离。迁徙的本能驱动着候鸟和鱼类，让它们只能在别处完成自我实现，为什么人会丧失这种天性呢？夕阳在召唤，耶和华并没有剥夺夏甲之子这种权利。《创世记》中说："神保佑童子，他就渐长，住在旷野，成了弓箭手。"正是因为这样，今天，世界上才造了那么多平直、诱人以致让人无法抵抗的路。也是因为如此，城市才配备了这么多路牌，以致在它们轻佻的诱惑下稍作停驻都会显得十足愚蠢。这幅荷兰画，我每次看到都不能不为之心动。一条破烂的小路，仅可过人和马匹，它笔直穿过

---

① 德语，"往那儿去！"的意思。——译注

平坦的乡下,旁边是两行被寒冬摧残得乱糟糟的树木。但它就有这样的魅力,通向无穷无尽而非任何可见之处!啊,我认得它!那是在我年少时不知走了多少次的路。我曾独自在雨中前行,并为这份孤单感到幸福,心里充满野性的欢呼!而今,我已年迈,看看身后环游大地后留下的足迹,心中同样升起掌声与强烈的满足!是的,我成功了!我走到了天边,没人在身旁帮忙或陪伴。如果那时有人说谁也不会关注我,那可没什么比这更让我高兴的了!所有周围的一切教给我的语法、正确的方法,所有强势的老师试图用来塞满我们胃口的东西,我都急切的想抛开,真的!我更喜欢未知和未被染指的纯洁,除了永恒别无其他。天主教徒的幸福,对我来说,首先便是和宇宙的沟通,是坚定、切实地和大海、大地、天空还有上帝之言这些最原初、基本的事物在一起;其次是拥有头脑、心灵、双手和双腿,光明正大地当面蔑视身处的时代,当面蔑视当时的一切艺术、科学、文学,还有那世俗、机械、物质、华而不实的文明。我,这位比谁都糟糕的敌人,咬牙切齿地坚持到了最后!所有算得上阻碍的,我都趟了过去!现在,我是带着满意、肯定和全身心的满足想到这条穿过一切平庸之路的路,它不是别的,是我自己的脚亲自走出来的呀!勃鲁盖尔(Breughel)画中的牧羊人也在他身后的田地上飞快地留下了长长的一道,像绞在一起的车辙痕。但追赶他的不是狼,而是那些从四处伸出来要抓他、逮捕他的不可见的手！看他跑的！"来单独和我一起到大山里去吧，"孩子说，"等着瞧，我会给你一颗草莓的！"

关于路，还有很多要说的。一双鞋教会了我太多，如什么是迂回、弯曲、分歧、十字路口、升、降、桥梁、楣角，什么是抵达与出发的渴望、对公里数的渴求，什么是责任般望不到头的、庄严的台阶的长久疲倦，什么是死胡同的绝望，还有这条诱人小径的失望，最终轻轻结束在林间。来吧，该往回走了！我们生性中最核心的、那种与方向的默契，被称为导向的东西；那种可以逐渐调整思维的、行走的节律和与直线的严格约定（只有对我们来说是直的！）——这才是中国智者们所说的真正的道。把所有这些都塞进抽屉底吧！

目前为止我只谈了适合脚走的路，但还有眼射出的引导之箭，即人们说的透视（我不会忘记按照逻辑步骤引导或乘类比与对比之翼超越的思维之路）。当披着镶嵌画、不可穿透的墙壁初次敞开，馈赠给有纵深距离感的目光时，我们可以想见它给创作者带来的喜悦。神圣的透视法！保罗·乌采罗（Paolo Ucello）感叹道，像在空间中延展一般，它也在时间中延伸，通过刺激欲望把即时与偶然、现在与未来、现实与梦想相连。透视法有几种：一种，用升高表现距离、用拉近表现疏远，我认为这种，把握好的话，是非常可行的；一种，是殷勤接待并让人的兴趣更上一层楼的,它穿过全景的一切便利之处,顺势向上带我们毫无阻碍地直抵背景。像卢浮宫香特伊勒(Chintreuil)的两幅画就是这样,没人能阻止我面对它们时产生澎湃的柔情。第二种视角取消了过渡,任想象力穿过实在、细节化的前景到达后面那如云烟般飘渺的城市和最深处银装素裹的山脉,皑皑雪山在点燃我们勇气的同时让人充满希望。前景与后景之间,有些出乎意料的东西浮现,渐进让位给了呼应与对比。但无论经由哪条路,这条,或那条,意念也逐渐随着汇集的线条上升,由浓而淡,由个别到普遍,由区别到连续,由物质到精神,由平常到持久和永恒,由呢喃暗示到成型的句子。因此,中国画里层层叠叠的景致也代表了寄身在这些愈来愈简约的线条和音调里,我们的眼睛和思维所进行的相继深入的不同探索阶段。低处,群贤汇集,像一幅精雕细琢的细密画。砍柴人牵着马,垂钓者正泊舟;而奇妙的形而上部分、垂直的概念,则是在高处云端冲破天际的宝石绿和钻蓝色顶尖,朝凌霄上升。这两部分之间有一个通道,并不总是斜坡、台阶和桥,有时是棵盘曲的树、一道瀑布、一群去迎接下凡神仙的小鸟。中国画整体上无非是一种上升的邀请。不仅让人想到这两句《诗篇》:"他让我心中向往上升的大道","我举目向山,我的扶助从此而来。"日本人也是这样,热闹的日常生活之上是巍峨的富士山,如全能之主的宝座,永被云雾遮隔。

图73　香特伊勒,《空间》,1869 年

　　巴赫的名字不期然出现在我的笔端,这或许是因为没人比他更合适来让我们了解现在转而谈论的这条新路,即无需动脚趾,音乐就为我们打开的路。当赋格在谱上起步,裹挟我们同行时,我们身上热切倾听它"前进"命令的那部分就被印上了方向和节拍。在抬脚、完成布局的同时,我们就看到、感觉到、猜到了要被带向何处,我们整个身心已提前知晓这诉诸听觉的表演程序中的一切起伏、情景、重点和停顿之处。所以,那些军号、钢管、铙钹和鼓总是能在凝滞而嘈杂的人群中有力地制造出一种规律的流动,准确地说,便是进行曲,还有加洛普舞曲;所以,舞蹈裹挟我们进入它那些回旋的曲线,徒劳地提供各种办法让我们甩开自己、逃离怀中这个分不开的女人! 更不用提病人倾听着的诱人笛声,当泪流满面的家人努力挽留时,奈何! 他溜走了! 他得服从这说服力十足的乐

器、服从阴间使者赫尔墨斯唇间逸出的奇怪的升音。路，真正的灵魂之路，是柄上四弦对指甲和琴弓的自荐；是痛与爱、是生命与一弦的并行；是琴键、是黑白排列的横向阶梯；是敏感的象牙琴键从一个八度音程到另一个八度音程的施展，在巧手持续的电闪雷鸣下掀起狂风，它为我们的风韵态度、为我们体内被唤醒了的、难以估量的天使提供了有层层细微差别的关注程度与缓急速度。时而，步子拖沓无力；时而，即便不是猛烈进攻，也是一阵狂奔；还有被俘后的姿态，用鞋跟用力地自我确认！右手早把话刻在了洁白的琴键上，强制性地给左手指出路径，后者遗憾地听着，已然想好自己的保留之处和条件，接着，不知哪句阴沉的话语一下找到了突破口，经由旁白逸出。还是让它尽情地哀叹或反抗吧！俄耳甫斯无论如何没有放弃去地府找欧律狄科，把她引向太阳。可突然，他自己停了下来，尖琴弓从手中下滑，显然，迷狂颤栗的神兽也厌倦了琴声。而他正在侧耳倾听暗处的召唤、冥府婚礼的喧嚣、当胸的一击和科里班特（Corybantes）人的鼓声！经常，在左右手之间，我仿佛听到像旅客在十字路口讨论那般。一方向另一方描述着自己选定的路，或高声雄辩，或低声细语，在我们所说的对立方的灵魂之耳边。这让我想到日本能剧中的场景：主角对合唱队讲述自己曾经走过的路径，后者将其一一复述，把每段收录在记忆中。因为对于另一个世界的居民来说，重寻过去是一条漫漫长途。现在,它们又一起上路,右手不能自由驰骋,骑士对坐骑也不能全然掌控。而向前冲的势头已被打断,前方的道路也变得昏暗不明。于是它们又都停下来谛听,在阴沉的天空下,只有两三音符叮叮作响,不禁戚然,顿生思乡之情!家就在那边!在望不穿的森林的另一端,在生死壕沟的另一侧,在那无法抵达的国度!

无法抵达!可知比未来更无法抵达的地方便是过去。某座桥一断,就中止了多少人追忆逝水年华的征程。时钟说,已没有时间了。到了晚年,感到自己大半的人生之路都在耳聋目盲中度过。各种或左或右、神秘出现在路上的机遇都被错过;各种不可低估的人擦肩而过却没有认出;各种对我们说出的话我们没能领悟,等为时已晚才明白,即便仍非本意、但至少转意也有所启迪。正是在这记忆的国度里,邀我们闭上眼睛的音乐开始了探索;也是在这里,它找到了我们被抹掉的痕迹,在昔日帐篷的灰烬上又点燃了微弱的星火。埃涅阿斯徒劳地向影子伸出手去,孰知其前来只为了消隐。贝多芬在他最痛苦的一首鸣奏曲中表达的也是这苦涩的返乡之情,同样,是它从头到尾启发了荷马老人的长诗。这回归之路,我们每个人都有重履其残酷遗迹之时。所以,大战后返乡的士兵晚上把这个女人、他的女人紧拥在怀时,她不肯说话、满脸泪痕!这女子犹是此人,又非前人。

6

几则阐释

I 扬·斯蒂恩

一幅画,不管怎么说,有别于对外部世界的任意裁取。因为画框的原因,两条对角线的交点决定了它有一个中心。画家的艺术就在于激发观众视线的延伸,使其进入一场讨论:一方,是这个现成的几何中心,另一方,是基于色彩和绘图(还有其他的!)从构图得来的中心,我更想称之为辐射点;它制造了一种吸力、一种从内部发出的召唤,所针对的,是那些被画框强制成为一个整体的一切;为什么不用"sens(方向/意义)"[①]来一语中的呢?"主题"就是它构成的。正是这属于沉默秩序的词,而非镀金的四框,阻止了这些被召集来的、同源又迥异

[①] 在克洛岱尔早年的决定性著作《诗艺》中,他曾充分利用了"sens"的这两层含义。我们认为,在这里二者亦兼而有之,同时标出更符合作者的本意。——译注

的元素弃阵脱逃,让数变成了总数。这绝不涉及物质的单纯组合,而是思想,无论它是否叛逆了范式。

一起来看扬·斯蒂恩(Jan Steen)的这幅画。它是蒙彼利埃博物馆的藏品,目前正在巴黎橘园美术馆展出。两侧,一边是乌沃曼(Wouwermans)的风景画,一边是库普(Cype)的杰作。夕阳掠过逐渐解体的大自然(至少,我感觉画中危险河边的废墟是这个意思),打穿了一个大洞。

图 74　斯蒂恩,《老人唱歌,小孩喧闹》,1665 年(局部)

构图的中心，以维米尔的画为例，是这年轻姑娘眼睛的瞳孔，是纤长手指下绣针的针尖，是给病人把脉的、医生的大拇指，是按在琴弦上的指甲，是品酒师在一束阳光下转动的玻璃瓶和玻璃杯。

再看扬·斯蒂恩！恰好也有一个玻璃杯。郁金香形的水晶杯举在这非凡女性的手中，她向后仰倒在自己闪光的丝绸长裙里。凌空落入杯中的金线从侍者得胜般高高扬起的壶中泻出。左右两边的人都分享了这精神的引用，这焕发生机的一笔，这高悬而易碎的源头洒在水晶上的一道闪光。左边，是方才这醺醺然的女人和支撑、肯定她的和蔼参事，黑色的钟形高帽和花白胡子证实了他的身份。右边的人物挤在一起，中心是穿着红色上衣的老奶奶，开心的眼和手在分析纸上无字的那一行：一定是个好消息，才把大家聚集一堂。剩下的人中，有一个蹲着、转过脸来对着我们的孩子，一位正给婴儿喂奶的母亲，和这握在手中、被音乐鼓胀起来的风笛。（别忘了在阴影里抽烟管的那个人，他可不管这些，自得其乐！）上方内容模糊的油画或许表现的是被这一瞬舒适的亲密磨灭了的外部世界。

从左边的老先生到右边的老奶奶之间有一种呼应：一个在读信，另一个，却早已明了。

1937 年

II 尼古拉斯·玛斯

在《荷兰绘画导论》中,我曾多次提到尼古拉斯·玛斯。这是一位独特、神秘的画家,在中年时骤然改变了题材和风格。这幅戴黑帽的青年男子的精美肖像就处在他转变的交叉点上,是令人着迷的布鲁塞尔博物馆的荣耀之一。画家的后期作品,让我们对荷兰画室作品的创作奥秘,特别是对他们笔下场景中,那种我称之为"悬置状态"的神秘感,有了更多的了解。我尤其想到这个他喜欢的主题——下楼梯的女仆(藏于华盛顿国家艺术馆)。但在静物画家那里我们也看到了同样的考虑,在伦勃朗那儿更是登峰造极(《夜巡》),所以伦勃朗绝不像我们想的那样,在荷兰画家中茕茕独立。他们使用的斜射光(例如在教堂内的使用)都一样,是会移动的。

阿姆斯特丹的一位藏书家朋友,科伯曼(Koopman)先生,

图 75　玛斯,《默想》,1656 年

寄给我一份新年礼物:玛斯的《默想》的精美复制品(真迹藏于阿姆斯特丹博物馆)。画中的老妇人闭目合掌,戴着白色头巾,红色衣袖滚着黑边,独自在自己给自己准备的餐食前祈祷:两块面包,一块完整,一块掰过。一罐汤,热乎乎的,白色盘子旁边是一只带柄的小口酒壶。注意!桌边上放了一把餐刀,刀柄悬空。墙上的壁龛里摆放着有象征意义的物品,它们在玛斯的作品里很常见:一个沙漏;两本书,一本合着,一本打开;两把钥匙;还有一个铃铛,我不费力气地从中看到死者复活的象征。但,整个构图的玄机在右下角。

那是只几不可见的猫,正在用爪子把桌布拉向自己。在被餐刀加强的方向上,它决定了一个扩充开来能涵盖整个构图的三角形,底部的明亮与顶部的幽暗相呼应。

所以和许多荷兰画一样,这里动静结合,平衡状态被某种馋猫爪子一样的焦虑所打破。

1938 年 12 月 22 日

III 华 托

——《自若的人》

　　不,不,他不是超然自若,确切地说,这珠光使者,这曙光的先驱,是平衡在行走和飞跃之间。这不是因为已然起舞,而是在一只手臂伸出,另一只展开抒情的羽翼时,他悬起了一种平衡,其重力何止被消除过半,简直变得微乎其微了。似要离去,又像要进来,他聆听着,等待着时机,用颤动的指尖在我们眼中寻找这一刻,用伸出的那只手臂的终端计算着,而另一只挥洒开宽大的披风,为蹬腿起飞做准备。一半是鹿,一半是鸟;一半是感觉,一半是言论;一半是沉着,一半已然放松!这精灵,这幻觉,这根准备拉出一串签名花缀的、让人眩晕的羽毛笔!弓在琴弦上已开始拉起长音,整个人物的存在理由,就是这他将在自身旋转中去启动、去除乃至清除的有分寸的冲劲。

图 76　华托,《自若的人》,1717 年

就像模棱两可的诗人创造自己的韵律，我们不知道他是要飞还是要行走。他的脚，或者说，他愿意时就可以打开的翅膀，对任何元素都不陌生，不论是泥土、空气、火还是这我们称为以太的、可在里面游泳的水！

1939 年 12 月 18 日

巴　黎

IV 《阅读》

—— 弗拉戈纳尔

弗朗索瓦·弗斯卡(François Fosca)献给龚古尔兄弟的新书很有意思,从中我找到了一幅漂亮的铜版画,是弗拉戈纳尔(Fragonard)的杰作——《阅读》的复制品。一位男子在读书,就像一位小说读者或作家(或许那就是他的自传!)适合去做的那样,他完全背对现实。相反,他的梦想,因为这位坐着的年轻女子,却全然、正面地展现给了我们:女子的长裙褶皱宽大,闪耀着光泽,可完全铺展开的是她的思绪,虽然这位沉思者只让我们看到一个模糊的侧脸。在那边,从后面,她的注意力加入到了这想象的场景中,但她还在犹豫是融入,还是离去。她托着腮,就这样悬在不可见的水池的栏杆旁。而阅读的人已经停下来,他询问着,手中那本小书的字行已经消失,一句没有说出的话响彻整个画面。

这是那类让人痛苦的画，无法侧耳去听。

1941 年 7 月 8 日

布兰克

图 77　弗拉戈纳尔，《阅读》，1778 年

VI　约尔丹斯

——《四福音书著者》

　　我不能说自己对约尔丹斯(Jordaens)的油画有特殊的兴趣。不是我不认可那些他偏爱的主题,即伟大的国王路易十四郑重其事命名的"田舍风俗"。这些风俗画不入流,有些过分的表达令人反感,又不像特尼尔斯(Téniers)和其他荷兰画家的作品那样,借小比例的人物和氛围的渲染,靠灵巧的笔触和运动中的构图与平衡带来的神奇感或者说生命感,得到拯救。以《喝酒的"国王"》为例,当我们看着这些在昏暗的光线下挤在一起的肥胖人物时,不能不产生某种反感,想到猪栏的生活①。然而,灵性是随性而显的,我知道约尔丹斯有两幅油

---

　　①　我对此画的看法已改变,这是件杰作。

画可与鲁本斯最杰出的作品媲美。一幅是《富饶》，是布鲁塞尔博物馆的荣耀；另一幅是《四福音书著者》（卢浮宫藏品），在这儿就有复制。

圣约翰居中，披着件披风，让人想起裹着宽布的神甫去拿圣体时的样子。他全神贯注，没在写字，只是读经，侧对我们。这位耶稣的朋友有种少年的肃穆，我不知在人类艺术中还有哪个人物比他更神圣、更深邃，同时庄严伟岸，充满男性的热忱。他抬起一只手，手指放在唇边，这只神圣的手刚触摸过圣言（另一只手放回胸前），让人想起《约翰一书》中的诗句："生命之道就是我们亲眼所见，亲手触摸到的。"他不是单纯地在读经，他是在履行宗教仪式。"我就进入上帝的祭坛"，今天每位神甫依然如此吟唱圣诗，"走向赐予我青春喜乐的上帝"。从这年轻人的唇边，三位老者，围着他、支持他的三位福音使者确认着自己的启示。"是的，"他们说，"没错！"圣马太最靠里，手摸胡子，代表旧约时代的历代信徒，似乎在回忆沉思。圣路加在他身后，低着头，他先知先觉，抬手挡开幕帘。听，天空！还有你，噢，大地，侧耳聆听这个好消息！最后一位福音书著者，他头发卷曲，像头公牛，面色倔强，下颌有力。一手拿笔，正准备写字。这就是行动，是一切就绪的智慧将转为布道。

约翰念诵，马太回忆沉思，路加拉开帘子，马克付诸行动。

据说,这幅画的作者系一位矫饰主义大师,后来披上了叛教的外衣。

1941 年 1 月 13 日

布兰克

图 78　约尔丹斯,《四福音书著者》,1620 年

7

斯特拉斯堡大教堂

一块台布盖住了阿尔萨斯。不再是冬天的台布,而且,本就不是台布! 不如说是一块幕布、一幅幔帐,被一只庄重的手在田野上拉开,示意着结束和严肃,现在,大地有六个月时间,在缟衣素裹的苦行中,准备推出另一年;或者说,是一床被子?鸭绒被,人蜷在里面保暖——要庆幸自己的存在,因为外面是光秃秃的一片,是乌鸦的狂欢! 如果,中午碰巧有一缕阳光,那是为了让我们看清楚,真的! 只有这片一望无际的抽象罩住了被人们居住的具体。这是对空白的回归,而它却是可见的虚无,只有斯特拉斯堡的大红烛仍矗立在阿尔萨斯上,在这片狭长的粮食带上,在孚日起伏山脉的万家灯火上! 确切地说,当我在勒奥瓦尔(Hohwald)横穿圣奥迪勒(Sainte Odile)时,上帝! 一场在北方的和面缸里熟透了的可怕暴风雪降临

215

到了我们头上:很好！我没意见！我爱这有益健康的暴力，能把我们的沼泽地冲洗干净！就像从前蛮族订婚时会发生的插曲那样，快乐的小伙喝得烂醉，抓着漂亮女友扎起的金色发辫，拖着她通过自家城堡的楼梯，同时还友好地猛踹几下……空气中，刚才还什么都没有，现在已充满了怒气冲冲的小天使，盘旋飞舞，速疾万分，拿尖嘴啄我们。《诗篇》说:他送来的水晶像一口口食物，用以表达那涤荡圣书的圣灵狂风和面粉般的预言暴雪。但这只是冬天的一个回马枪，它想告诉我们尚未结束和它的关系，它的利齿还能咬痛我们！明天，明媚的阳光会倒映在马恩河和莱茵河之间的运河上，碧空如洗，春天来临，树枝上悬挂着冰晶和毛茸茸的雪簇，层层相叠，正在融化，眼下是真正的雪，真正光彩照人的桌布，覆盖着整个阿尔萨斯，粉粉的，白白的，我说是粉色、白色和绿色的。第一只鹳，在车轮上凝思，它单腿站立，就像大教堂一样！

没错，大教堂只有一只脚，但足矣。而且，幸好没装两只。因为对于唯一的目标，两只又多余。先知说:神置我于此，像被选中的箭。现在，箭已离弦，飕飕抖动！而我在下面，就像曾在博物馆里见过的建筑师雕像那样，跪在自己的作品前，许是想让它显得更高大；并且，从建筑的底部一直打量到顶端，头向后仰！射出的箭，是他拉的弦！在高处，在只有十字架的顶尖的顶尖，我看见了什么？仍旧是鹳巢吗？还是个苹果，像门廊下那位诱惑者手里拿的一样？这一点，我们一会儿再提。抑或，是三王来朝时盛满没药和吗哪的珍贵圣餐盒？还是为了让这箭尖比黑森林还更高？教堂的智慧啊，你在苍穹的页面上写下了什么？脑中兴起的念头，经由神经飞泻到笔尖，还不如我顺从你这垂直的邀请来得迅猛，直抵雷霆。[①]

正是这垂直的职责和使命，在东方凌乱的空中竖起了这巨大的纺锤。在它的影子下，灵巧的斯特拉斯堡织出了错综复杂的河流、渠道；用一只手把另一只手里握着的那把形象文字表现了出来。此处，已不再是严峻的神学建筑，带着思想的色彩，(噢，那信仰的城堡和维度！是心灵的圣龛，是建筑对神秘的凝固：看那儿！已全然平坦稀薄之处，是大海！而我们说，它早已出现在那打理了整座小城发型的、蓝灰色石板瓦片上！)其层叠，那天我在卡昂(Caen)的圣埃蒂安(saint-Etienne)已欣赏过。在这里，基座被明确的间隔开，像按尺子打出来的直线那样堆砌，颇符合圣安塞伦(saint Anselme)的一篇论文。[②] 它们像文章的段落般逐层上升，重上加重，最终形成两

---

① "他的角必被高举，大有荣耀"，《诗篇》第三章第九节。

② 传统的说法是圣安塞伦在贝克修道院的继任者兰弗朗克的论文。兰弗朗克是神学家和政治家，威廉一世的伴臣和幕僚，英国创建人之一，构架了人间修道院(l'Abbay-aux-Hommes)的蓝图。给征服者威廉一世留下的只是教堂中一块刻有他姓名头衔的石板，下面埋着他的腿骨！

座方形塔楼,让建筑的正面显得愈加平衡。但,更高处出现了拔得长长的尖拱,那是对天空的思念。在中央主塔周围,我们把支撑这巨舰的、能将分散的光转为内景的工具提供给了上升的石头。从平面的任何角度来看,它都指向塔尖。这巨人之城,这博士帽云集的秘密集会,这培养修士的学院,从远处看真漂亮! 每座塔楼顶部都有能四面瞭望的系统,像一个利用海上八面来风的风车,又像圣托马斯·阿奎那的论文,高悬着所有周密的论据,足以应对周围所有质疑。我还没讲教堂深邃的后部,三层的半圆形后堂,还有这条束带,让意识造就的这有力身躯肌肉紧绷、向着天空直立!

于是,在诺曼底腹地,身着红锆石祭披的执事,就这样向执持权杖屹立在莱茵河中段的红衣主教兄弟致意。正是这根棍子、权杖、杆子,这手中用于测量的、凝固的光线,这摩西从埃及河泥中拾起的蛇杖,成为后者为自己建筑居所时的结构原则和顶端的装饰原则:主干、分支、"Yardstick(码尺)"、与墙分离的便于标记高度变化的测量标杆。我还联想到了骤雨的留痕、脚手架的缆绳和挂在拱肋和檐槽上,如钟乳石般的冰块;还有更具体的:在中央门廊的三角形上方,建筑师又安放了五六个三角形,像是遵循一个反重力的定律指向天空;还有流苏状的边饰。我们知道,流苏(fim-bria)在圣书中的秘密含义是一种纤细的延伸,就像外衣是感觉的延伸一样。① 而在旁边附近的门廊,还是这根棒子,成为人物化的各种美德手中的长矛,用来刺穿对应的恶。她们将其踩在脚下,迫使其在横幅上吐出自己的名字。应当承认,这一刺的手法毫无新意、相当传统,还带着点做作的笨拙。如果有圣宠帮助这样笨拙的努力,那我们对自己这些潜匿随行的恶劣本能就没必要大惊小怪了。

迎接我们的另一个队列,排在中央大门的两旁,是那些疯癫的童贞女和明智的童贞女。深夜,在天主深邃的意旨中,她们听到福音的召唤:"新郎来了,去迎接吧!""哪个新郎?"有两个:左边一个,右边一个。第一个,等一下再说,他又老又丑又悲伤,秃顶中央的一绺头发像一簇火焰,但对生产它的光滑石头于事无补。而另一个,我们说,像是个持才自信、能言善辩的青年教师,多优雅! 多温柔! 还有这个他用高雅、得意的姿态擎着论证对象一般的苹果,又是多么的诱人! 我们也会去咬一口的。所有的女士就这样为之神魂颠倒,竟未察觉它从她张开的嘴边溜走,就像从她们倾斜的灯盏洒出的油。只需看看这漂亮的果实,特别是这迷人的宣传家,就知道只要一

---

① 如《申命记》第二十二章第十二节所说:"你要在所披的外衣上四围做繸子。"《福音书》中责备法利赛人"把衣服的繸子做长了"(《马太福音》第二十三章第五节)。《诗篇》第四十四章第五节讲到"王女在宫里及其奢华,她的衣裳带金线绣的繸子"。

下，一人一口，就能变得像神一样知道分辨善恶了。两位最热情的童贞女抢在了前面，不看一眼苹果就向诱惑者献上了手中油尽灯灭的圣餐杯①。我们不是都认识一位大思想家吗？他说，今后可以靠空瓶里的香气生活，此外别无其他养分。现在，我们的诱惑者正面对三类女人，或者，也许是同一个人，在不同的考验时期。第一个女人，面对卖弄的果实，眼神妩媚，挺直身子。她的自荐方式是隐藏。看她，穿着代替了树叶腰带和兽皮袄的长裙，还一直提到下巴上。有什么比神秘更诱人？又有什么比无更神秘呢？手中覆灭了的油灯制止不了她的心。偷来的水是甜的，暗吃的饼是好的(《箴言》第九章第十七节)。她身后一步之遥，站着另一个女人，仿佛是前者凝固了的影子。她完全不同，形单影只，陷入沉思。枯竭的油灯在她手中更显沉重。再走一步，就不是孤独和抛弃，而是悔恨了。最好转过身去，背对魔术师。没有人，也没有神，这是双重的损失之苦。"油没了，自己去商铺买吧。"说来简单，可拿什么付账呢？能解救她的专家，长得既像圣彼得又像圣约翰，站在不远处，在门的另一侧。但他正忙着，无暇关注她。她在左边，而他在右边。

　　他此刻忙于给五位女教民布道(我们能看见三位，另两位

---

① 这些美丽的女士就是这样跟在弗洛伊德教授后面的。

在凹壁后,看不见但听得到)。这几位童贞女,从上帝意旨的深刻能力中走出,捧着自己的油灯迎接太阳。第一位保持着平衡,右手擎着分配给她的光明火焰,左手拿着一个卷拢的羊皮卷;第二位,手中的羊皮卷已打开,能在油灯的微光中阅读。第三位无需写字,她将这盏灯,也是圣餐杯,举向天空,双眼凝望。站在后面的两位,我忘了深究。

从这两列相对的行列中,艺术家提炼出了一个主题,将它们又移植到了那边朝南的门廊下。据说那边的两列,一列是天主教会,一列是犹太教的队伍。可为什么我不能把一方看作是"信仰",另一方看作是"想象"呢? 第一位头戴桂冠,手持夫君传承的权杖。幸好用石头做像,她才动不了,不会盯丢我们让她监视的、对面那侧的危险人物。后者,和自身的运动相反,把头、脸和蒙着布条的眼(她也是,没有灯可以阅读),转向左手诱人的羊皮纸,某种空对空的宣言。她转向了该转的方向,却把胯部曲线展示给了我们,长裙形如波浪的褶皱,好像流逝的水①。一切都在流逝,我们知道,在这修长、光滑的躯体上,什么都无法长驻。而这支掖在她肩部衣褶里的残破芦苇,又是什么呢? 就是刚才我说的垂直线,是丈量者手中的武

---

① 《箴言》第三十章第二十四节说:腰上束一条带子,"Cingulum tradidt Cbananoeis"(又将腰带卖与商家)。

器,是我们向上的、神圣的发射,是那向着天空的纺锤,是纬线或竖琴,在它们上面,艺术家用石头、玻璃、音乐的手指,编织出浸透着自己心血的、血肉之身的骨肉:这一整座建筑,大教堂。现在,芦苇残破。书上不是写道:"他不会把折断的芦苇再折断"吗? 主啊,在您受难的那天,不是有人曾游戏般地递给您一支芦苇吗? 它还没有结束! 瞧,她转过脸对着手中这本无字之书,只有蒙上眼睛才能阅读。

但,即使这女魔术师的脆弱武器被始料未及的顶板折断,斯特拉斯堡大教堂在其四层骨架中,出鞘指向云天的、永不钝化的针尖、瞄准的视线、高高的纺锤和层层上冲的叫喊都丝毫无损! 最终,只有为了方便其调整、定型的雄鸡永远迎风而立,它是约伯说的智慧的使徒,把哀达①不详的黑乌鸦驱逐! 可我已逗留太久! 我的手里有只小手,阻碍我像建筑师朋友那样,跪碎膝盖,用自己来增加这神圣的盘旋上升。在外面呆得差不多了。这小手和它的主人,目光腼腆的小姑娘,把我带进了建筑的内部。颇有点东西可看。

教堂的内部! 要看的不仅是它的物质,而是从内部、从我们精神居所的底部去观察它的布置:如,支撑它的墙壁、屋顶,

---

① 中世纪两部重要诗集的名称,是斯堪的纳维亚神话的源泉。——译注

把进来的信徒凝聚一体的容量,达成一致的规约能力,赋予整体物象、共识、共同影响力的形式和线条的伸缩与交错,向高处引导祈祷和欲望(在诺曼底教堂,耳堂上的那支箭是中空的,构成了一种气的召唤和天使与凡人的中间通道)。值得注意的是,在大教堂里,人和建筑的比例不是按比例测量的。人不过高出地面几尺,从上方看下来,最密集的人群也不过像是剪齐的地毯。两者中间是大块的空间,其关系构成了宗教的矩阵和我们在上帝那儿的同舟共济之船,其角色是使不可见有形,是给我们的特殊养分——空气和思想,给上帝供我们支配的、可在这里抽取的灵气一个轮廓,以便把它转化为言与歌,充满这密闭盒子的所有空穴。因为我们要对上帝说的话,不应四处泛泛弥散,而应直达天听,所以才有那些作为反射圆弧的拱穹、龛顶和半圆后堂。我们需要一个可望可及的天空、一个可作为圣殿的计算好的空间、一口能留住神圣脚步的大钟、一顶帐篷、一个封闭外套般的圣体龛,可罩住我们,把混乱的世界留在外面。主啊,我只跟您一起,以出庭者的姿态。《启示录》说"新耶路撒冷(大教堂是其具象体现)的长宽高"是等量的。在我看来,这里涉及到的是质上的平等。长度,意味着正直、始终如一的忠诚;宽度,是像摊开的双臂一样的、心灵与智慧双重慈悲的扩展;最后,高度,是献给上帝。"此后,我听见好像有人群在天上大声说:哈雷路亚……然后升起一缕

青烟。"(《启示录》第一章第三节)

　　我的眼,一下就浏览并认出了这大锅炉的象征体系:支柱,或者说,原则,遵循着既次第排列又同时呈现的原则,我们整个信仰大厦就倚此而立;尽量向上的弯拱,既是各自真相的结合也是仁慈的纽带,超越时空奏响灵魂的共鸣;最后是窗,按其职能,将普照的光变成指示性的光线和可寄身期间的意识。"守住你所有的……",使徒如是说。

　　这建筑物内壁的开口,我的小游伴正用手指给我看,用简单的语言,斑鸠、天使的语言,解释给我听。和她一起,看着看着,我想到了刚才在圣奥迪尔山上遇到的狂舞雪团。只是,这次是静止的运动,所有这些带颜色的细屑,黄、蓝、红、绿,它们不在任何一种形式中停留,而是在不停的舞蹈中暗示一下某个形式,又马上消解。一切都在动。眩晕的眼找不到足以落脚休憩之处。它被这原子的四对舞①,被这喧哗的色彩、磨成粉末的光点裹挟。像是等候中的人群发出的窃窃私语;或五月大草原上向群蜂绽放的图案;又或者,是春天里,它戴在光洁额头上的明亮皇冠,是每个都气味香甜的不可数计的变幻;是上帝目光下永远的高山牧场:当草原接替了皑皑白雪,虔诚的热忱紧随信仰,美德取代了单纯。

----

　　① "quadrille",又称瓜德利尔舞。——译注

永别了,我的小友! 永别了,蝴蝶! 这在你大教堂彩窗上闪耀的花神阿尔萨斯将永不熄灭! 这安放在光荣柴捆上顶尖处的胜利花束,没人会摘取! 现在,让我们跨过正对侧厅的这座建筑的门槛,它用同样的材料建造,向虔诚的信徒传达些许主的荣耀和红光。大主教把教座、华盖、踏脚台从唱诗堂搬到了俯瞰整个城市的陡坡上。在这里,他亮出纹章,开放与俗世交流的接待室。所以,这庞大幽暗的庙宇脚下,是这座慷慨敞开所有门窗、台阶和楼梯迎接公众的庄严殿堂。让这里的一切都是款待、光明、尊贵和微笑! 一切都向我们敞开! 马上就是一串气派的客厅,盛情欢迎我们,从没有这么多高大的窗子和华丽的镜子,这么多大理石和金子,在我们脚下也从未有过这么多大块的地板,闪着光与蜜色:直到这灿烂的笑容,直到这亲切的手,在我们屈膝跪下之前,向我们伸出了主教的紫水晶![①]

1939 年 4 月 15 日

斯特拉斯堡

----

　　① 可惜罗昂宫(le Palais de Rohan)和其他许多雄伟的建筑一样,都毁于战火!

8

关于音乐

——致阿瑟·霍耐格

按照我的想象，有一种做音乐的方式，是把它理解为某种类似西洋双陆棋那样的智力游戏。通过声音，我们可以直接感受到一些平时只能在形体世界才能欣赏到的现实，如快慢、远近、断续、正侧、高低、轻重、简繁……进而演绎、创造，用时间代替空间，用无形代替有形。在声音的点、线之间观察，建立联系与对比，所涉及的不仅是音型，更重要的是以音色为特点的声音的运动。所有这些，在某种我们称之为和谐的整体意识和布局中进行、前进。我们用才智强迫听众接受一种韵律和节奏，使其融入合鸣之中。听众只需做到等待与专注：等待被旋律曲线所延迟的终点；专注于身边的潜在邀请，借此调整自身的进程。一条路开启了，一个可能的形象被提出来了，一块空间成形了，那么只需跟上，随着重复的节奏去确认、认同、充实、丰富，直至它们明确地全部展开。声音的视图，我认为，在某种程度上，可以说是一个由各种关系构成的即时性的、智性的整体，为了维持它的显现，还得兜兜转转、一次次求助于它的理念。

这种把音乐仅仅建立在数字、位置和关系上的想法给人的精神带来一种纯粹的智性满足，迎合了不少德国音乐家。我想到约翰·塞巴斯蒂安·巴赫的《赋格的艺术》，乃至贝多芬晚年的某些作品，如《二重大赋格》。我不怀疑，所有的音乐家对赋格这种体现作曲分、合之底色的形式都或多或少地抱有好感。

这种声音的运动、协调而有节奏的前行，其实是完美的，或者说是圆满实现的舞蹈。除了宗教与戏剧，在二十世纪前的两个世纪中，它构成了所有音乐发展变化的阵地。不用说，小步舞曲、进行曲、萨拉班德舞曲、恰空舞曲等等名称，一再出现在古典曲谱的页边。这都是这种节拍强制性或压倒性的体现，它有可能在从属于时间的空间领域体现人类的运动和表情。这也是为什么我很认同约克·达尔克洛兹（Jacques Dalcroze）的观点。从前我在海勒劳（Hellerau）看过一场他编排的格鲁克（Gluck）的《奥尔菲斯》（*Orphée*），非常美。如果将来创立一个真正专门培养演员的学校，目前还没有，达尔克洛兹的学说将发挥根本性的作用。演员，不应该有一个舞步、一个姿势脱离于倾听节奏的、内在的耳朵。

不言而喻,没有艺术不是主要为了满足精神的需要而存在。它是给心灵,或者更准确的说,是给道德的、智力的、体力的人——整个的人,带来声音和动作,而音乐是其中最高级的。像诗歌一样,音乐以有声的气息为表达方式。但当诗人在口腔作坊里制造和调整脑中的词语时,作曲家们只需关注情感引领的歌声,聆听它从心灵的地窖深处涌出。这歌声向他以外的人诉说,讲述着他的灵魂,他的渴望与遗憾,他遇到的、见过和没见过的事,这一切又是多么美好、多么苦涩、多么温馨、多么惨痛、多么恐怖,抑或相反,多么有趣,无需思量。所有这些,以某种方式作用在我们声音之流的变化上,不管是我们喉管或管风琴的簧片、上下翻飞的琴弓背后手指颤抖着按压的琴弦,还是为肺部准备的各种或嘹亮或忧伤的管形乐器。情感,在灵魂的鼓动下,充盈起来又放松下去,划过各个音阶直冲到顶尖,又降落到窖底;低声咕咕,高声嚣嚣,或伤人,或安抚,或沉思。它转瞬即逝又不绝如缕,任自己在时间之上陶然自得,而自己便是这幸福境界的源头。因为声音,寂静都变得可以被感知和运用了。普塞克(Psyché)①脱下到处勾起麻烦的、语言的外衣,面前

---

① Psyché,原意指死亡时如蝴蝶飞走般脱离肉身的灵魂。也是小爱神妻子的名字。——译注

也没有任何墙壁提供遮蔽。没什么能抵挡我这在神启下产生的袒露的语句，无论是命运、不幸、这颗面对请求无动于衷的心还是我自己的灵魂奥秘。它把吕西菲唤醒，却让阿格斯沉沉睡去。[①] 一个旋律，从头到尾，通过对自身的美好挖掘，就这样，既前后相继又同时合奏，以一种无可言喻的清晰和从乘兴释放、不可违逆的歌声中产生的确认，把自己倾情奉献出来。这，就是主题。它是我的，而作为主人，我唯有物尽其用。有了这把钥匙，对于一颗极其丰富而专注的灵魂来说，一个音符足矣！还有多少大门待着我去问询！

在傍晚愈来愈浓重的昏暗中，我看到年老的贝多芬坐在老式钢琴前摸索着。他闭着眼，伸长耳朵，用手指有力地敲下一个音。并非是他要靠这肉身的耳朵去领会神圣琴弦上敲响的神谕，诸神已让他灵魂的另一重听力不再关注圣宠之外的东西。手指在象牙键上重重的一击后，他等着回应，等着它幽幽抵达自己内心之琴的储蓄。对方在那儿，正酝酿着呢，就这样，它也发出声来，苦涩至死，又甜得让人心碎，用什么……回答我？不是别的，还是同样的音，只是加了一个升号而已。

我们刚才说到的主题，凭自己是不能成立的。但已然十

---

① "Lucifer"（吕西菲）一词原意指晨星，是希腊罗马神话中的光明和知识之神。在天主教话语中，也是撒旦的一个名称。阿格斯（Argus）是希腊神话中的百眼巨人。——译注

分纯净的音符,像在可知的一瞬就能激起千层波涛的水滴,其存在本身就带着潜在的配合,带着一种追问、召唤与它自身有关的结合、意义、评价和争议。有的音乐家,我想到的是德彪西(Debussy),他的作品不关注连续以及线、面的开展,仅由影射、提示和暗语构成,与其说是歌声,不如说是释放的合声。这类音乐家构建了一个五彩缤纷、可触及的整体。像有些画也是这样,在咆哮喧闹的绿色、紫色、古铜色中,突然出现一点格格不入的玫瑰色、橘黄色或白色,就把整个烟花一般的构图点着了。举例来说,就像旋律中插入单簧管嗡嗡的鼻音和指甲几不可见的在铙钹上一划发出的声音那样。

我得停下来。不然要探索的就是所有的音色了,如俄国音乐。但我拒绝开启这个话题。

事实上,音符,或者说,由音节内在构成的、音乐语言的深远的召唤力,远远超出我们可感知的表皮和毛发:音乐家不是白白被称为作曲家的。话语会在周围唤起回应。主角必须直面对话。但在话剧中,他的优势在于无需噤声,为对方留白,在听的同时还可以说。现在在我的位置——沙发里,外在的表达与内在的印象、轮番上阵的战斗和好几个演说家赞同、确定、讨论和评判的意见交融在一起,对于我来说像是同时听到一首歌。引出话题的人未必就有随心所欲的地盘和确定的胜仗。而这正是亚里士多德瞧不起的,虽说坚持不动摇,也会被自相矛盾浸浸和扩展。没有一个女歌者在成名的道路上少得了下面不忘节拍、一直陪伴、鼓励并向她提供友好反馈的吉他。但突然冒出来拦路的对手是谁？是一定要摆脱掉的不速之客和讨厌鬼？还是要一点点认识、深入、降伏的谨慎的陌生人？真是不羁者的傲慢！相反，意想不到的助手、四面八方涌出的追随者，把我的宣言附上他们的拥戴反馈回来。这突然席卷我的浪潮，是要用知识和热情将其超越吗？或至少，这突然出现的、被恐惧一点点绘出的巨兽一般的东西，要让位给它？又或者，假设这些都是无稽之谈？一切不过是醉意与狂喜！"我活过！自然之光中的金色星火！我拉紧钟绳跳起舞来！"(兰波)大自然，不是为了吞噬我而造！我才是主人！是我，褪下它不动的假象，关于这一点我比你们知道的更多，我将其简称为"一件外衣"。是我，告诉它它究竟是谁！它是我的听众！是听命于我的素材！由我来检阅巡礼！是我在这混沌中大喊出上帝的名字！是我，这雷霆！是我，这让它学会集中注意力的咕咕叫的鸽子！是我，左手强制它运动，右手施以霸道的琴弓让其适应！是我，以智慧的闪电揭示了它这座神殿！是我，张开有力双臂的巨人，一直走到黑暗的尽头！是我，海上升起的太阳！我说的不仅仅是物质的海，还有直到天边与月亮相接的那片水，但唯有我才是人群上的骄阳！我热切的期待，进入四部合声后宗教之花的怒放，那突如其来的进发！那女声的迷狂！

　　绘画令光线停驻;建筑石化了比例;雕塑凝固了态度。诗歌用的是那些耐受的材料:它自己是流动的,却诉诸于读者的理解力和敏感度,在欣赏剧情、颂歌、叙述、场景和逻辑体系时,强加给他们一种因判断而生的坚固。音乐则把人拖走。不管情不情愿,不可能安生地坐着了。它拉起我们的手,我们只能跟它一块儿。这温暖的、震颤的以至于和我们相牵的手,我要怎么说它呢? 要不,像坐在那边地上的可怜的诗人一样,为了数清楚,掰起趾头,用脚;用跳动的、穿着羽毛服饰的肢体;用感染上天的元素和雷霆! 这是精神之气,像一阵狂风控制我们的精神把我们卷走! 若说这是一种挟持,那是看我们的默认中有多少犹豫和微妙,或看我们感到多少快乐、阴郁或恐惧! 都是我们自己的投射。出于提供这个配合、完成这语句的必要,我们乘节奏的翅膀起飞,攥住狂热灵魂的鬃毛,好像脱离自己的肉身,被目标吸引了过去。上升、下降、渴求、自由、拘束,或减速,或加速,还有时停了下来,除了耳朵和时间的感觉别无依托,就凭此四维上下地探索它要用的空间。这就是我说的火车的成分、十足的动力,不需要时不时停下来喘气打断诗的话语进程。但《圣经》的话不无道理:"主在重量、数、度方面,一切都已创造出来。"(《智慧篇》II, 21)重量,如我们所知,是飞翔的要素:音符可指代某种意识的状态。数,是爱，是配合的强烈的情感和力量，是平静、热情、喜不自胜地自由加入一种秩序、道理、公平或意愿，从此拥有一个不可抗拒的合作伙伴。我们自己的居所也在一个数中，它美到计算不能及，值得无止境地研究下去。最后，度不仅仅是思考后的意识和认知，它就是我们的气质，是行动！像心跳那样，我们照自己的存在方式去数数，打拍子："一！"然后在无声的停顿或算好的短音后再用力来一下。在我们找到的方式中，在和自己确立的路标的认真比较中，行走的其实是我们自己。而这些路标，完成于模糊和喧嚣之外的明确，完成于我们和为了生存从属于跳动需要的万物无法遏制的默契。这跳动的需求，就是大写的生命！

亲爱的阿瑟·霍耐格，这对自由和飞扬的召唤，这对身边管弦齐鸣的世界的聆听，正是您以您的长才嬉戏的领域，是我有缘追随您的领域，也是偶尔，我也能颇感自豪地引导您的领域。就像在尚蒂伊（Chantilly），当纯血种马将要飞奔时，马夫有时会把手搭在它的脖颈上，陪它跑出几步。但这儿不是博彩公司用来谋生的奔波四蹄，而是天马忽振双翼，轰然腾空。而我，唯有手搭凉棚，用欣赏的目光追随它在蓝天的身影！

1942 年 12 月 10 日

布兰克

9

阿瑟·霍耐格

亲爱的阿瑟·霍耐格，雷霆若就这样为人所有，是多么有趣的事！我们得骄傲地说，这是雷霆，而且漂亮地完成！不仅如此，还有大海、风、森林，整个大自然所求无非是为我们所用，只要我们礼貌地闭上眼睛。是的，即使是眼睛！可为什么要闭上？它们睁着，不是像其他感官一样，帮我们去看、去听，还有去理解吗？我就认识一位夫人，她为了猜到客厅另一头说悄悄话的人的情感，便模仿对方的面部表情。但具体到大自然遵照最高导演的嘱托，在教义展览中存在、延续所凭借的艺术，音乐家就得说，这种艺术不是别的，就是我的！我只需叩问内心就能找到构成阿尔卑斯山、穿越崎岖深谷搅动大海工程的东西。我将身体摇摆、左右交换平衡就突然窥到大海双肩交替被海岸撞击的秘密。在原始的混沌中，我加入神圣

239

的节拍，狂欢纵酒不能打破我的魔咒，逃离我施加的拍子。我只需举起魔棒便足以令青草抽芽。午夜把星星点点的月光洒在太平洋的波涛上，魅惑至极的情人来到黑暗的楼梯前。在椴木林上洒下金光万点的并不只有太阳，还有上千只争吵的小鸟，像滚沸的记忆一样！可为什么只让我为一个计划服务？我拥有纯粹的运动，它创造了时间，接着，时间又创造了空间。我手中的钥匙就是一切万物的启动之匙！为何要缩短灵魂这至福的凝思？它为了服从上帝，正在斟酌自己的可能。左手一按，已有噼噼啪啪响起的惊叹，右手一扬，经久不息的掌声囊括了它所有的安排、计算。

　　来吧！再透露给您一个秘密！没有一个借助声音最终形成音符的推动力，没有一个在我之外最终构成句子的线条，不引起回响、回应、辩论和论战。可是天呀！这是多么了不起的发现！我能触摸到灵魂！无需任何词语或影射外部的刻画，靠自己的实体我就能和自己沟通，然后，又这样，在外界激起势不可挡的感通！它从我自身的确认而生，在这段生命中，我让自己能够自我回应、自我审视！感情汹涌时，贪心也升起。我学会像有同样强度和变化的乐器一样使用自己，借各方的反响批判自己的灵魂。耳朵，从头到尾竖着，听音是否准，该我唱了！通过解说自己存在的原因，通过用各种办法对速度、力度的控制，我幸福地在自己之外找到了和谐，又得而复失，又且赶且追！若它拒绝了我，与之较量的对立也必不可少。在我的艺术中，某些主题是被提议和强加的，职责所在，为了解决，必须唤醒内心深处上帝的指示帮忙。

亲爱的朋友，我们当然没有必要看轻人的声音。大自然赋予的八音程，它已最大限度的利用。但心灵比嗓子深邃，目光又先于内心琴弓向无形之画投出的箭矢。周围的重大讯息我无需迎候，凭两拍听力早有预感。我掌握的也不只有自己的呐喊，从人潜在的语言中，从最后传讯、辩白的终结时刻中，我要分娩出的是整个泰坦族人，是整个造物主的创造！为此，手指在黑白相间的象牙键上东奔西突，直至灼伤；地狱深处的癞蛤蟆大声鼓噪回应天使的身影，我们觉得这幅度已经很宽广，但还远远不够。应该让平行的紧绷琴弦服务于我，让我将其演变成持久的实践之地。能相信人的呼吸，只是唇间一个可用的、简单的管子吗？让舌头和嘴唇在我带来的这长笛上移动吧！脸部表情，调整一下！像曲曲弯弯的管子，像能发声的面具，还有所有皮质或木质的古怪器具！为了充分抵达您个性的秘密之处，为了敲打到您的敏感之处，我会无所不用：从轻轻吹口气到痛快又痛苦的针刺，到切个开口，乃至摇散全身的骨架！

所有这些都属于您，所有这些只求服从您的才华，任您安排！亲爱的朋友，我多羡慕！而我，此刻独坐在荒芜的素材中,只求您给我一个定音鼓的大槌。被赤道分割的地球里可能藏着神谕,就让我羞涩、笨拙地敲几下,叩问那薄膜下所有的沉寂吧!

1945 年 3 月 27 日
巴　黎

10

《诗篇》与摄影

几千年来,人类愈来愈多的以《诗篇》为基础,把它作为与主对话的材料。规范早期修士虔修的重要仪规,让每天不同钟点有相应的念诵片段。这些钟点构成了日课,加在所谓的常课之上。教廷别具匠心,从日课经摘出基本篇章,让教士每天念诵默祷。这样从早到晚,创世主耳边都有不歇的喃喃诵声。这是我们内心需要的持续流露:我们需要主,需要无数得向主去诉说和祈求的万物。这是我们的祝圣仪式:用自己声音的气息、用我们的灵魂代替动物之血和香烛鲜花来献祭。

　　《诗篇》以无可比拟的壮丽语言涵盖了整个祈祷领域。它首先是我们人生最基本苦难的写照。我们不仅有与生俱来的磨难和命中注定的接连考验,还有那些自己辛苦积攒起来的罪恶、错误、愚蠢和过失,在习惯的作用下它们渐渐成为我们的一部分。于是在创造我们的上帝面前，我们成了伪造，是时候该不讲情面地袒露这虚伪的行为。

然而，在这漫长、痛苦的自我袒露之余，在心灵备受折磨的公开赦罪之余，大卫也教我们要告诉上帝我们对他的期待。我们把他过去为我们做的种种讲给自己听，亦感到惊讶不已。是一样的，主把我们从埃及解救出来，我们也渡红海而足不湿，过沙漠得神粮；鹌鹑也让我们恶心，吐出过于油腻的食物。我们信奉西奈山上的教诲，也喜欢金牛犊。若没能进入乐土，就只能享用这两位大汉，即《旧约》和《新约》艰难扛在肩上的硕大葡萄。经过漫长的旅程我们终抵十字架脚下，它从久远以来就统御四际尽头，我们听到上帝之子的声音不断从那里传来，质问他为何将自己抛弃。但一股新的激情又振奋了《诗篇》的作者。喇叭响彻耳边，管风琴声愈浓，使他思绪如波涛翻涌；前方，笛声又勾画出一条光明大道；而他手中则发出铙钹的敲击声；还有即将入怀、让灵巧的手指来回拨动的、用圣宠和天福之光做成的大十弦竖琴，绝非世俗的里拉琴可比。"Exsurge, gloria mea! Exsurge, psalterion et cithara! Excurge diluculo!（显现吧，我的荣光！显现吧，弹竖琴的乐师！显现吧，在曙光初照的时候！）"上帝的荣光在真正的诗人心里扎根。他目眩神迷，而绝非像神奇的对手那般眼盲！这是一股流经哭泣、叫喊、圣景、怒吼、呻吟，有时甚至可以说是大笑的激流,奔向清澈、慰藉和光明的大海!像透视法教给我们的那样,这片海不在我们之下,而是在我们之前,在我们之上! 不知希伯来语怎么说,至少法语不是,也没有一种世俗的语言能说尽世间万物向造物主的壮观飞升,说尽此起彼伏的极致欢呼——"哈利路亚!""阿门!"——对七日创世的见证! 啊! 我要借用圣纪约姆的拉丁文! 我想听到雄狮的怒吼! 这是和斑鸠之音相比堪称万钧雷霆的《雅歌》! 这是古铜色大钟在把福音传遍法国乡村! 从一个村庄到另一个村庄!

在大自然之上,在这被地平线界定、被时间演绎、由我们来理解、掌握和利用的景观之上,持续地回荡着我们心中不间断的忏悔。我们一直和上帝创造的这颗心同在。它有话要说,而我们感觉自己像是它的代言。但这种表达是如此神圣和庄严,以至于不能被简单地归为自发和即兴。它是先于我们存在的、是我们后来要加入进去的文本。它回应了我们灵魂的一切运动,把它承接下来就如同给自己披上一件外衣、一件祭司法服。这是上帝、与自己的作品平和相处的上帝把它放进我们嘴里,放在我们肩上的。我们说,跟英国人要讲英语,那么,当我们盯着眼前这打开的书本念诵,不妨说赞颂时,我们便是在对上帝言说着上帝之语。

但我们不是唯一这样做的。从日出到日落——Telucis ante terminum(在光的界限前)——Jam sol recedit igneus(直

至红日消隐）——从月亮、星辰的升起到隐没,大自然也有它的诵经课。其时辰,随天光的不停倾斜,未尝有一刻不陪伴、支持着我们的功课。现代画家从它身上要捕捉的就是这种默契,这种亟待阐明的秘密和不言之言背后的模糊情感。一位颇有想法的女士曾说,当她想说明远处别人说的话时,她就模仿对方的面部表情。画家和这位女士一样。为了了解大自然,他便模仿,试图用线条和颜色和它做一样的事。并且他不仅模仿,还向其提问,有自己的立场,并选择自己的着眼点和结构的落脚点,而大自然的意图也在这一点上汇聚成句,并在各种运动和颜色的作用下抵达某个意义。但机会并不总是青睐我们的探险家。他会遭遇无知、恶意、犹豫,我想说有时甚至还有虚伪、结巴乃至某种笨拙和愚蠢。这时要表现出权威,不仅要提议,还要完成、开启,并强化这自然景点潜在的意图;让原本是沉默和梦幻的东西变成记叙、轶闻、陈述,乃至一声惊叹!——同时也是滔滔雄辩!画家把自己的模特从偶然、意外和混沌中解救出来,又抽走它的脱身之计,让它留在他选定的瞬间。

确实如此。但我们不能否认,证词的准确会受到影响。在大自然和造物主不停的对话中,有个冒失的人闯入,参与,管事;聆听和查看与他无关的事。更糟糕的是,他还指手画脚,建议东改西改,把悠长而耐心的倾诉剪切成区隔的片段,把自己的小想法和意图强加于人。于是,我们就不能说"这是一棵树,这是一条河"了,而是"这是库尔贝,这是柯罗,这是莫奈,这是毕沙罗。"

但服务于我们虔敬热忱的求知欲的科学,为我们突袭、捕捉有品质的瞬间提供了绝佳的工具和比画笔更可靠的办法,且它快如闪电——摄影,既然要求的是客观,那么这就是客观。我们这下有了让时间停驻的方法,它把川流不息、转瞬即逝变成持久、可携的方框,变成从此乃至永远属于我们的、被捕捉的瞬间和强有力的证物。这不再是改编或笔录,而是原声自己的声明。对着有限的时间我们举起了一只能让它持续的眼睛。

词语的意思,远远超过字典给它分配的有限的词义。除了那些所谓的用法,它们还通过个性化的表达,在自己周围引起联想,散发魅力,调动我们感性和记忆的宽广资源。"花"这个词,像马拉美说的那样,虽然于"花束中独缺",却从无穷的必然中涌出,不仅有实在的花园,还有神奇的类比的花坛,并且远不止于园艺范畴,一上来就有各种异同之比。《诗篇》"mirabiles elationes maris"(海浪也扬起)一节,向我们展现的或是太平洋咆哮的波涛,或是暴风冲击坚硬的赫布里底蠤起的"巨烛",或是船长从被打湿的、倾斜的驾驶台眺望山影绰绰的昏黑冬景。相反,从同样的景象中也会浮现那铭文般的三个庄严的字。宇宙间持续波动、翻涌、聚集、分解的一点，突然凝成一个不流逝的词，混沌的多样被构图掌控。[①] 这成功冲破混沌的词赋予我们一种尽量去重建、类似创造的能力。慢慢地，我们意识到外在的世界和我们内在的世界是相通的。我们和大自然讲的是同一种语言。我们说的是它想说的话，而它说的是我们的心声。我们从事的是同样的事业，走的是同样的路，被同样的热情鼓舞，酝酿着同样的想法和希望，并在自己身上感受到同样的存在。如果把这时间作用下的整个世界看作是在上帝的注视下实现的某种事业，我想说，我们在做共同的礼拜。书上说苍穹诉说着上帝的荣耀。我想说，大地与大海又何尝不是？再加上这句我不知如何翻译的拉丁文："Non sunt loquelae neque seromones quorum non qudiqntur voces eorum"（不用大地和海洋歌唱说话，我们也能听到它的声音）。这窸窣作响的演讲邀请我们聆听，同时也是观看，因为浑然不觉、如聋似哑的大自然只能通过符号和手势表达。只有我们拥有合适的工具。只要我们想，只要时机合适，就发出一道闪电将其照亮！撞见了身形巨大的山泽仙女在不停地分解、消散，我们就拦住她，或者用做菜的术语说，来个猛

---

① 此处是汉字"永"，克洛岱尔多次将其拆成水上一点，一点代表永恒。——译注

火煎炸！既然打断了，就得让她再开口讲话，还得讲清楚。然后把这飘忽的冥想、祈免之辞弄牢固，就完成了文章，完成了某种源自时间又挣脱时间的、高级、永久且不容置疑的东西。在偶然的杂乱中，多亏了我们耐心的调研，才寻得上帝之言，剩下的只需用大卫和所罗门的语言将其写下。

1943 年 6 月 25 日

巴　黎

11

骨　骼

"Et in Arcadiâ ego!"(在阿尔卡狄亚生活过)我也是！我也在阿尔卡狄亚生活过！像吾友杜哈曼(Duhamel)写的萨拉文和帕斯基耶家族那样，我也在这美妙的街区度过了很长一段年少时光。比埃弗尔河浇灌着地下，向上坡艰难攀升的慕夫塔尔小街为它指出命运的出口。在一位仁慈的年轻修士脚下，曾见证副祭帕里斯(Pâris)骚乱的圣美达尔教堂接纳了我的第一次"Meâculpâ(忏悔)"。从意大利广场到塞纳河，从王家港到圣母院，在啤酒花和鞣料树皮的香味中，在沿途涌现的书本和各色皮肤中，反向的贡博斯台尔朝圣之路！四年，我感到兰波的思想在大脑的褶皱里发酵，我一个台阶接着一个台阶艰涩地走向了皈依①，像经历一

---

① 过去人们在教堂门前的地面上画一个迷宫图可谓不无道理，对于走不开的人，它可以代替朝圣之行。

次伟大的恋爱一样,在这场精神的危机中饱受折磨。我喜欢奥斯特利茨这胜利之桥的威严名字,从它的护墙看到大教堂用令人眩晕的桅杆压迫性地掌控着大海;工厂的黑烟,那时,在我的想象中,和注定要带我远走他乡的大轮船的浓烟交织在一起。在这座人间天堂,即动物和植物分类繁富的植物园里,我导入亚当的形象,一个年轻、粗糙的亚当,胸中满溢着梦想、愤懑、欲望和好奇,刚知道什么是大棒、什么是缰绳。然而,这并不妨碍水泥匠沿着布封街盖起这座巨大的建筑,我曾敌视地看着它从平地拔起,还记得,第一天它开放所有大门的时候正是我远行的前夜。

让人眩晕! 在巴黎没有比这更美的博物馆了,比较解剖学博物馆。此后,每次途径法国,我必怀着宗教般的虔敬前去瞻仰这高贵的展览,不仅想摘帽致敬,还愿意脱掉鞋子。

因为这无非是内景,是"圣殿",是造物主放置模型和草图的屋子。我们都听过,工厂里有存放各种蓝图和机械发明制图的地方,那里的图表严格地体现了计算。这种数学的高贵、必要条件下条分缕析的理智、纯粹的概念、天真而博学的发明、瞬间大手笔的完成、抽象和计划的感觉,以及,如果可以,我想说,还有这在打蜡的木地板上一滑就跳入眼帘的智性视野的高级美感。旁边那些被称为艺术杰作的东西又算什么? 不过是孩子或笨拙的人的涂抹,过度又不顶事! 雨果想和《圣经》较量就是这样！但在这里，整个动物界的创造浓缩为构思和框架，并且最终以一个动作、步态各异的出现，走向我们。人之子啊，你觉得这些骨头有生命吗？它们是不是活的？上帝！您在问我吗？我认为是的！

学者，和心灵简单又狡黠的孩子一样，都有这两种可爱的品质：一、对想法的投入；二、恶作剧中的真诚。他们知道，一个假设需要时间成熟，所以精心准备，等待被证实或证伪的时刻。这种靠逻辑与事实保障的免罪证明，往往表现为激烈的重复、强烈的肯定和在荒谬中的泰然自若。[①] 所以，穆安津在石柱顶闭着眼睛证明着真主阿拉。这种方法，对于现在广泛被接受的进化论来说却不无助益。此刻，我们正在参观的这座可爱的博物馆和其他我经常去的欧洲、美洲的同类博物馆一样，都或多或少地明确致力于（在纽约，已铺展开）这个论调，无非是将其宣扬、灌输于人。如果我的参观给它根本的一击，而远非加强这其实很虚弱的进化论调的话，是我的错吗？在这些触目可及的卓越的模型身上，在这对我来说是各个物种的论据和提纲之中，我看不到一处蹒跚尝试、缝缝补补的痕迹，而是一蹴而就、一次完成。我们都知道，英国裁缝和法国

---

① 在这一点上，他们无非想模仿造物主，因为造物主曾经说过："appendit terram super nihilum"（将大地悬在虚空上），《约伯记》第二十六章第七节。

裁缝的区别。前者的高明在于大手笔的准确剪裁,而后者则讲究细节,迷失在精雕细琢中。龚古尔矫揉的工艺和夏多布里昂、博舒埃大刀阔斧的长句相比就是这个效果。但,这里涉及的并非是用来消遣的艺术,而是性命攸关,游移不得,应该同时、一次性地完成。大家知道,汽车制造中有一点瑕疵,一颗螺丝钉松了,一块电磁闹毛病,都足以导致故障。可我们的生物学家竟觉得完全有可能自然地出现有互相矛盾特点的完整的存在,就像被后世当成荒谬典型的、贺拉斯笔下的人身鱼尾怪那样(而埃特蒙·佩里埃①就是从这尾巴开始的!)当然,纸上什么都可以写,世人尽可言说,只需要小心翼翼,止于经验,不要动车上路。那怎么谈论人生呢? 康德、斯宾诺莎、斯宾塞,还有所有教科书作者,他们关在房里造出那些漂亮的小道德。而当歌革②国(Gog)的天真汉试图使用卡尔·马克思的学说时,我们又看到布料和针脚同时崩坏。本应慢慢承认事实。现在,官方科学躲在学问的烟幕下逐步从变异论转到了"突变论"。但一下出现从头到尾崭新、完整的存在和创造的区别又是什么? 这个问题,我留给洞察入微的人去琢磨。

在此期间,面对这用即复杂又静止的脚步向我走来的高

---

① Edmond Perrie (1844—1921),法国博物学家,著有无脊椎动物、动物哲学书多部。——译注

② 《圣经》故事中的国王。——译注

大的抽象物,我觉得自己俨然是纯物种群的倡导者。正是从这些骨架、从这些赤裸的机器中,我们抽出了内在的灵魂,而外部的肉体则不再作为个体存在,变成了类型和标本。通过我尘土之身中这笔直、坚强、警戒站岗的哨兵,我感到自己亦与之休戚相关。

在《约伯记》第三十八章中,上帝问道:"我立大地根基的时候,你在哪里? 你若晓得就说,比例是谁定的? 准绳是谁拉的? 根基安在何处? 墙角的角石又是谁安放的,当晨星齐耀欢呼,当所有上帝之子都投入庆祝?"其实,这不只涉及到泥土,而是活生生的创造:和行星一样,创造也要有根基和尺度。当上帝问:"我在创造这一切时,你在哪儿?"我会回答说我先存在于他的作品中,然后呢,是的! 我就在他的身旁,在一个和这里很相似的地方,在大写的他的思想内部。正如做大弥撒时,助手相继给主教递上一件件祭服,天使们也环绕在上帝身边,崇敬又惊叹地捧来天平、圆规、算盘和颜料盒。大地的根基! 只需看看人的骨骼,看看这用来支撑脏器和生育的四块涡形骨盆的构造。而尺度! 还有什么工具比肩上从肘直到指甲弧线的胳膊更完美? 角石,难道不是弯弯的抹子? 三角形的筛子? 是本韦努托·切利尼(Bevenuto Cellini)赞叹不已的骶骨,犹太教教士说它是我们复活基础的等待之石? 当创世的总计划开始绘制、行动,当独立的存在物开始把脚从胶水里拔出,晨星难道不该同时爆发出赞叹和欢呼?难道不是清晨?所有这从思想中挣脱出来的万物,所有这些完全由原因、方法、关节和操纵杆装配起来的干瘪的躯体,所有这些不是在进化而是在发展中的动物,难道不是为最后选定①的最高航船、为上帝之精神要来休憩的摇篮、为耶稣的身体在做准备?圣保罗说:"我们是他身上的肢体,是他的骨他的肉"(《以弗所书》第五章第三十节)。《诗篇》也说:"我的骨头会说(5:30),上帝啊,谁能像你?"我们骨骼的呼唤,并非没有回应!

对于靠巨细靡遗的一眼就能把所有这群象牙色的民族,把所有这些镂空的高大身材在思想中形成一个整体的参观者来说,最值得一提的是逻辑和精简的技术,上帝正是凭借此来达到自己的目的。他不仅尊重他的作品,还有他的工具和程序,让它们都发挥最大的作用。他就是原则,亦依原则而行。他选了一块石头,就在这石头上建起教堂。他没有一个想法不产生无穷尽的后果。而我被引进智识的天堂。因为,上帝所做的一切,不仅是让我们去看,也是让我们去懂得。这也是为什么按照旧律献祭品时,主事者要切割得极细,去掉皮和内脏直到肢节肌骨处的原因。为了把选中的祭物真正做成牲

①　所以不是选择,而是选定。他"praepavavit terram in oeterno tempore et replevit eam pecudibus et quadrupedibus。"(把大地永远准备好,让它不满家畜和四条腿的动物)《巴录书》第三章第三十二节。

献,就要毫不犹豫的使用尖锥和铡刀,而刀刃并不比我们的分析神经更加锐利。

现在让我们戴上眼镜吧。

制造的功能只能通过肉体突显。骨骼则是存在与运动、原则和方向、比例和目的。在我们周围展出的这些样品中,可注意的有五项:头、胸、腿、感觉器官和运动器官。

第一个用石斧砍橡树造船的英雄也没有我快乐:智识像手指一样,沿着这美妙的发音系统,这一棱棱的山脉、桥墩、通道,沿着我们的整体支柱,沿着这被称为脊椎的、装着有节奏的、潜在的电盒或行或止。这不是块硬板,不是天然木条,而是一个音乐键盘,抑扬起伏形成一条丰富而有力的弧线;还可以是一件灵活而精美的乐器,我们的神经纤维、肌肉筋腱附着在上面。作为一个整体,我们背上少不了这条计算严密的系统。每根椎骨都像被首饰匠的手掂量、校准、打磨过,神圣的椎管在中间让骨髓从中通过,上面三个棘突支撑身体,两旁有成对的神经,发射感觉和意志。这是我们的主轴、我们框架的主要构件,是我们身上个体的根,是存在的立足点。

在列举和比较的路上我还能继续很长时间,但有这样一件事:

一个日本传说讲到,某位樵夫扛着斧头回到家中,发现竹节处透出奇怪的光来,原来这密封的容器是一位仙女的居所。

我的笔也让我有同样的奇遇。我一直长期用笔杆，像小鸟啄食般吸一点已经褪色的墨汁。如今，为了进步做出牺牲，我也像大家一样弄了一根金尖的可携蓄水笔，其中的储备够铺展到好几页纸上。只是，当压挤笔管吸水时，我除了听到唏唏声，还意识到手中的空心管里钻进了黑色的小精灵，特别是，挤瘪笔管后，用物质的填充给了它过度膨胀的机会。《圣经》说，血是灵魂的导体，那墨呢？曾经，我是笔杆的主人，握着它就像工人变成了剥削者，不是因为饿，而是因为渴。从书桌上打开的罐子里吸的墨水，很快就干了，快得来不及提示。今天挤出一整首诗，或一节或一些形象、想法，在我的强制下，橡皮管底下的尖嘴，除了像蚕吐丝，没有别的出路。在这精神的尖嘴和捏着笔管的三个手指之间，隐约有某种共谋，可这有什么奇怪？有时，是我被它拖着跑。像横穿俄国的三套车那样吞噬雪原，停下来时，需要不少工夫，理性地研究坐标，看看自己究竟到哪儿了，这很重要，因为很久以来，我已经没有了回头看的习惯。有时，手握得有点笨拙，不尽人意，它就腻了，溜号了，篡改我的意图，不往我想去的地方走。就像黑人的驴子，可以把它牵到饮水槽，但没法强迫它喝水；或像巴兰（Balaam）的驴子，遇到天使拦路，就使劲抽打。可它说，你升得太过，说这不在契约之内，问我是不是把它当成伊波利特·丹纳（Hippolyte Taine），是不是我觉得它应该上铁轨，才暗自让蹄子溜进轨道,面对这望不到头的电线杆和信号灯。这时,管里的墨水变得黏稠、缓慢,停下来了。而我,就像个握着部分人类创造的小男孩,像掉在撒哈拉大沙漠的飞行员,除了一把英国钥匙之外,没有可以放进嘴里吃的东西!

在这些骨骼,即圣书所说的"ossa sicca vehementer"(极干的枯骨)中,我也遇到了这样的事:尤其是博物馆很远,阳光很晒时才开门,像耶路撒冷第二,一定要利用看门人咧嘴打瞌睡的难得时机溜进去。居维叶(Cuvier)从一块骨头开始,重造了整个化石世界,但仅仅一块骨头的回忆有什么用呢?我得在这打蜡的地板上支起帐篷,在这科学的殿堂、在这成堆的胸廓和髋骨的阴影下,过起以小时计算的紧张日子才行!有人——是高挂在这科学空气中的蝙蝠前面的拉丁文名片吗?——提示我,这个地方不仅是动物骨架的博物馆,还是绘成一排示意图的姿态的展示厅。对于鲸鱼和鼠海鲸来说,最基本的是这拱架,背部模仿波纹,用来融入波涛,逐浪前行。而鳄鱼的创造,显然是为了利用沼泽,钻进泥土、贴附和吞噬;这冲击地的伊壁鸠鲁式享乐主义者虎视眈眈,可怕的尾巴绕身转半圈,随时准备扫出去。同样,另一个贴壁而行但体型较小的是蜥蜴,给它的爪子加上指甲和吸盘就不同了,用手轻轻一弹就能把它弄掉。接下来,另一个!比如说,强调它的爬行,让它扭转、扭曲、盘旋,用所有我们的鞭子、绳子、软尺去激活他的生命。如果指给亚当看的话，他会毫不迟疑地喊出：是蛇！对！是它！行走的软管、好斗的长虫、贴地而行的吞噬者、一碰它的头就能咬死对方的装置！多好玩！多漂亮！蟒蛇的象牙饰带，梯式的肋骨上标刻着尺度！还有乌龟，躲在凸起的盾牌下，像一扇门框，集中防御，局促在臭虫壳里！如果由此过渡到空中的细线，猴子和狐猴，以及所有搭配各种跳板、绳梯、吊索的街头卖艺杂耍，那么除了这些动物无产者上的各种烟火和羽饰、各种生动的声学练习、各种欲望和幻觉的爆炸和啼鸣，还能想到什么？大袋鼠笨拙的尝试成功，除了跳就是叫，它承重是为了卸重，让自己只带着冲劲跳跃，用坚定的眼感知腰部的资源，感受这份敏捷、尊贵和四足动物的各种忧思。如果四条长胳膊，加上常常短短的棒槌还不够，还可以用尾巴撑住来悬空！而且，还得有趣，还要敏捷灵巧，宁可在在蔓藤和秋千中荡来荡去，也不能在深渊下作狂怒的探索者。用比钢琴差太多的工具声嘶力竭的叫喊，怎能和我们胜利的萨拉班德舞相比！投射到第三维的话，就得依靠松鼠维持，让它给我加上翅膀和蓝图吧。大自然不会被这一点小事难住。看她，像个女裁缝，手里拿着剪刀，嘴里叼着针，这里剪剪，那里缝缝，总准备着把做客穿的长袍改成参加舞会的衣裙，又把女人的裙子改成婴儿的小裤子。成功了，鸟儿能飞了！如果硬要把我们关在玻璃棺材里那将是多么遗憾！一切乱糟糟，像曾经展翅翱翔的信天翁,而今如跛脚鸭子蜷缩一隅;像挺括的大衣屈居在帽盒里。但至少,我还能在这拥挤的车库里挑选。各种类型,各种变型装备,都归我掌控,包括某一属类的一切,从还没有完全从虫类分离出来的鞘翅到为果实、栖架停留的麻雀,乃至到猛兽和深渊中的游泳健将。有的动物种类,生来就为了发现和觅食;有的则为了聚焦凝视,在地上捕捉猎物。当感到自己的肩膀舒展开来,有了能让自己飞上天的东西,有了实现自己强烈憧憬的承载装置、自由的装置,那是多么开心! 再看看下面的腹部甲胄,在鸟类的下身它起到支撑作用,在我们人类身上则成为骨盆。这就是船体机身。看到这计算好的部件,像用小刀的刀口、刀尖加工出来的,堪称木工绝活的作品时,怎能不想到靠切面线的各种变化来适应环境和表面状况——不论是在空中还是在水下——的艏柱、龙骨和犁骨? 看完所有这些适应流动元素的结构,真遗憾! 我们不得不把鱼类暂放一边,还有所有这些地下的探究者。现在看看坚实的大地和利用这坚固的子民。先从要飞跃着出发的那一类开始。比如,这些被动员的大猴子,像俯身撑地的田径运动员! 一跑就跑出很远! 不是从一棵树到另一棵树几米远的事,而是要占领、殖民整个一片地。不再是跳跃,而是关乎距离与时间,行走与奔跑。大自然的机械盒还没穷尽它的组合。看,鹿! 还有马。马是延伸和转动装置的集合,是规律的跳动,我们的体内也尽情拥有这种跳动。储备,腹下折叠的收缩,前后两部马达对角,一拉一推。在狮子老虎那儿,把这种奔跑的机械再加强些,修修弄弄,调整一下准绳,就能形成了不得的撞击力和弹跳力,为咀嚼更好的服务。[①] 而再缩小两根撬棒的角度,便能走出食草动物稳健的步伐。你好! 水牛! 你好! 骆驼!

一个从思想深处渗出来的新概念,原本在于借助重力和化学反应般的亲切感,去寻找并激活那些等着它来碰触的思想,从而使其开花结果。为何这些个体和物种身上活跃的运动线条会唤起我对圣德尼和圣托马古老文献的记忆? 在书里,这些受到神启的作家为我们揭示了直线、曲线和斜线运动的精神意义。在大的类别中是对的,为什么在个别运动的变化中——像我眼前这些排列组合——就不可能是对的呢? 为什么精神不能在肉体中找到支撑它的各种可能和活动程序的具体表现呢? 在每个线条上,我们不是都能看到圣书暗示我们的意义吗? 而意义本质上不就是运动,不就是借助动物资源吗? 羔羊、鸽子、鹿、狮子、蛇、鱼,甚至蚯蚓,多少动物是救世主的形象。雅各为儿子祝福时,以狮子喻犹大,以水蛇喻罩

---

① 别忘了《阿摩司书》(Amos)中说的熊,"好像躲避狮子又见熊"(第五章第十九节)是天主之爱的象征。那熊忽然站在猎人面前,把猎人亲热地搂在怀里。

恩,以鹿喻弗他利,以驴子喻以萨迦,以狼喻便雅悯。《圣经》中所有英雄和所有事迹,在列队经过我们时,都被贴上了各种纹章和徽记。每一种被上帝之气激活的动物,都会让我们结合自身想到创造程序的运作方式。兰波说,"我羡慕动物的敏捷","毛虫代表死婴的纯洁,鼹鼠代表沉睡的童贞"。而老虎被诗人们称为苏丹,在美国八十年代的富翁中不难找到其同类;豺狼、土狼、狐狸代表了入侵的游荡者和抢劫者,我们常在书本和生活中看到它们眼睛和獠牙在发光;狮子的一巴掌,是博舒埃在路德(Luther)和厄克兰巴提(Oecolampade)流口水的脸颊上打的一记大耳光;在芦苇和泥沼中栖居、隐匿的动物,则让我们对穷人的谦逊、耐心,对他们逃避他人目光、不希望被注意的愿望和身处下层的快乐产生情感和艳羡。来一个天使拍拍手吧,让我们也有各种各样的翅膀来飞翔!鹿和马是为了速度定做的。一个逃跑,一个前行,我知道它们在人类展览的动物中的位置和食槽;蛇,是我们的气息、神经、哨音、静脉和结,是朝一个方向盘旋上升,是警觉的根。玩蛇人的包里装着各种办法,让它从冬眠中出离,跳起死亡之舞!而当我们独自在游廊时,狐蝠和吸血蝙蝠煽动夜晚的空气,就像从我们幽暗的想象中飞出一样;背着波光、像外交官在便便大腹上炫耀荣誉勋章的癞蛤蟆,则支着肘部,在车辙的凹槽里赏析月色。随着年岁的增长,我感觉自己变得和这位沉浸在自己重力^①世界中的隐士越来越像：一动不动地悬空，低头祈祷，像抓水果或吊床那样抓住一根树枝，全部存在就是留在那儿，交合两手，不仅是两手，而是四只爪子！

如果说我们从这次考察中能得出点明确结论的话，那就是，大自然不是以断断续续的发明向前发展的，而总是在唯一的一个方案上做相应的改进。我之前应该已经说过！但是管他呢！头、脊柱、肋骨、四肢——材料始终一样，但可以用上百种方法调配，在我们眼前展示让人眩晕和感动的灵巧匠心。看！这个洞开得恰到好处！真想拥抱一下表达感谢！我们全能理解！我们本来的想法是这样！这个老朋友，问题解决得真妙！就这么简单！只需把螺丝挪个地方，这儿或那儿调整一下，用半圆凿、雕刻刀加强一下，就好了！行了！再吹上一口气！下一个！总是同样的要素，头、脊柱、胸廓、四肢，如果缺一项，就用另一项代替！像蛇就是用肋骨代替了脚！鸟的头占了手的位置！食蚁兽拖了一米长的舌头！大自然可没放弃俯视自己的棋盘！它在种类之间借用，例如，从甲壳类到虫类，从植物界到动物界，更别提那些化学的、矿物的、美学的、外交的关系了！整栋建筑，从上到下互相支撑，各层之间存在着沟通，每种模型，市场研究、专家咨询、贴在墙上的标准和计

---

① 奥古斯丁说："amor meus, pondus meum"（我的爱，我的重量）。

算表格,相互之间都有合作。多可惜,人家不愿雇用我,我觉得,我也有好多想法可以贡献出来,为什么不呢?

手里的笔开始不耐烦地闹别扭了,它要没水了。它提醒我现在写到了哪里,要给它带上笔帽,削尖的铅笔接着会帮我更多的忙。为了画出这海鸥的尾部、长颈鹿的股骨,或者,这锁骨。继续吧! 直到结束,它都会帮我注意前后呼应的。

1936 年 6 月 18 日

布兰克

附记:这美丽的进化论调,真可惜! 让我们玩得真愉快! 现在要把它放回玩具盒里了,真让人伤心啊!

1946 年

12

宝石的奥秘

草丛隐士萤火虫,每晚点上小灯阅读它的微型日课经;疯狂的黄萤,在炎热的夜晚,狂舞出眩目的花式签名;深海的鱼,头悬着灯,在暗黑的水里游来游去;所有这些鲜红和金褐色的珠宝,是昆虫;五月的清晨,露珠在草尖上闪闪发亮;冬阳之下,身披玻璃铠甲闪亮装扮的树木,裹着薄冰发出迸裂之声;还有星星,小如针眼却让人一眼看到,又大如一滴瑰丽的酏剂成功地装点了黎明——所有这些,孩子都想拥有,都想握入自己的手中。他知道,只要转转戒指的底盘,一种危险的神奇力量就能让他成为魔法的主人,他将会打开墙壁,钻开宝藏,参透秘密,读取心灵,并和它一起掌握和拥有光的源头。今天的光,好吧,是实验室的说法在人们耳畔的回响:有可见的,有不可见的。恳请上帝给点儿恩典!我只需要创世之光的一闪!

这并不是梦,是真的!在我们的手中,精神能变成物质,不可见的事物能变成实体、石头。那足以抵御任何器具的、如此坚韧、坚强的东西是存在的!是属于我们的!至于它神奇的效力,镭射可让人对此有个概念,其筹备中蕴含的奥秘和兼具风险与利益的神奇,已然超过古老炼金术师们的记载了。随着铁镐、铁杆一下下敲打,耐心、钻头一点点深入,人类去探寻那些被岩石裹得最紧、藏得最严的东西,最终在石英和玄武岩里有所发现。这裹在壳中的栗仁、炸药中优化过的水晶、努力产生的永恒、本质性的抵达、整个世界挤压出的内核和如以太中弥漫的纯净,我们地球的珍珠靠对自身存在的沉思获得了。地质的演化有两种:一种是裂变,如矿石变成黏土;另一种是创造和繁殖,像哲学家操纵各种事实,形成概念和无懈可击的定义的抽象内核那样,最终是不需分解只需简化便能达到的。大自然不断运作的内脏产生了胃石,要靠整个宇宙的压挤、出于世界之爱的振作行动、大地的紧拥和地火的喷涌。最核心之物完全可以从一只强硬的手中迸出。那是交叉的地层经过上万年的挤压,加上所有奥秘、所有变形加工才能最终实现的璀璨、这神圣的晶体、这逃离了皮肉腐烂命运的完美、这透明的果仁!完美吗?尚未!还要加上人的手来回应石块儿的邀请。慢慢地将其刨光,消除原本的晦暗,拭去外表的粗糙,强化切割面,去除瑕疵,唤醒神秘之眼,最终,从粗坯将玫瑰完成。要增加面的棱,要磨掉多余的东西,让这奇妙的矿石脱胎于一个牢靠的数字,让这因几何结构而闪光的小太阳最终在匠人的手中诞生(布封说的宝石也是这样,但他说是青蛋白石,在此我就不想考证了)。它不仅是一面镜子,还是一个发光发热的辐射中心。

不知我的分类法和宝石工匠们的是否一样。对我来说,宝石只分两类:透明的和不透明的,水晶和大理石。一类接受阳光,一类排斥阳光;一类有心,我本想说的是有灵魂;一类只靠外表;一类透亮,一类被摸得表面泛光。绿宝石和玉石、蓝宝石和绿松石、红宝石和赤铁石,一类发光,一类泛光。所有这些,科学告诉我们,是碳或矾硅的混合在金属氧化作用下的着色,至于实验室的术语,还是留给专家们来说吧!

我特别想讲的是半透明的宝石,而非那种完全不透光的实体,亦非坚固的却一眼望到底的空洞,也不是燃烧的灌木,或把一切入射、反射都吸收的多面体,或童话里在梅路希娜(Mélusine)①额前闪耀的绿宝石。在各个时代、各个民族,民间智慧在这些仙女们随时都可能变幻的瞳孔中——明确的意图也有散光——不仅读出了装饰(书上不是说,神创造星辰不为别的,就为了装饰夜空吗?),还读出一种闪烁着的或潜在的

①　传说中因受到诅咒而每周六下半身会变成蛇体的仙女。——译注

玄奥道德，有人认为那是星相学性质的，同时也是医学和神秘学的。十一世纪，在雷东地区受人推崇的马尔博德（Marbode）主教曾写过一首颂扬宝石的六音步诗，称扬其功效远胜于普通石头，就像眼睛比胃高级一样。眨眼间，血管和神经系统就能沉浸在它的光芒中。同样赞颂宝石的还有鲍埃彻（Boéce）和大阿尔伯特（Albert le Grand）这些算不上出名的名字，其他还有很多！据说，某种宝石能治疗肾结石，某种能治脾气，某种治牙痛有特效，某种善于调治欲望，某种招财，某种能护身，迷惑敌人，某种收揽人心，某种对付厄运。所有这些当然是虚妄的，错在意图太明确，但同时它们也是一种对未知的担保，是一种优势意识，是我们的手指或脖颈上的凝聚、集中，在脖子上我们挂着自己对自己的誓愿。所以，有订婚戒指，有大主教的戒指，后者是把自己献给教区的盟誓。《启示录》说，我以白色宝石相赠，还有什么比钻石更白？文中还写到：上面刻了一个全新的名字。这颗宝石和这个名字，既是旧的缩略，也是新的开始，我们用来加盖信件，确认自己的承诺。

圣书也支持民间这种说法，认为这些精选材料的颗粒有神奇效用，它们经过艺术处理后臻于成熟，或者说臻于最终的"成圣"。例如，打开《出埃及记》，我们就能看到对胸牌的描写。胸牌是纯金的方块，镶嵌十二块宝石，分四行，每行三块，刻着以色列十二支派的名字。当大教士从帘子的另一端来觐见天主时,要把它佩在胸前,仿佛胸牌赋予了他传达或获得圣谕的能力。据科奈利乌斯·阿·拉必德(Cornelius a Lapide)说,胸牌的希伯来文是"tacens",即"沉默"的意思,那么,带着它前来就像是和天主来一场无声的比赛:默不出声的一方仅凭这个迫使对方讲话。这是《旧约》里讲的十二支。《启示录》里讲的末世时的神秘支派是被赦罪的全人类,每一支都被简化为虔诚的眼和视觉行为,像《诗篇》中,女仆的眼睛就留在其女主人的手上。每块石头都同时拥有个体和集体的名称,它是一个虚拟的存在,有独特、固有的品质,并且像灵魂一样对目光和光线敏感:名为主教,等待圣徒的册封。同时,每一块石头又有自己独特的状态,据说那些名实相符的会在天空像火花一样闪耀,它们之间按照光芒区分彼此,就像星辰的颜色各有不同。那么,试想在这平静的星群中会有打破常规的星星出现吗?流星、彗星,划着弧线飞快地穿过无垠的太空,是在打扫大教堂前神圣的广场吗?还有那些玩具般的,像带着光环、石头在环内却不在环外①的土星;还有如同嵌在同一个底盘上的双子星,一颗绕着另一颗,永不停止相互端详;还有那些行星系,难道不都是数学的杰作和参照永恒的钟?而忽

---

① 天文学显示的星云图,形状恰如一只戒指,即我们的"alliance"(婚戒)。

然爆炸,耗尽积聚物质的一些"novae(新星)",过后又陷入寂灭吗?像女人耳垂上的圆环,蓦地被一缕月光点亮,随即又融入夜色之中。

这些星星般的装饰,并非为了在公爵夫人或女演员的耳上叮当作响才被创造出来。先知说,宝石绝不仅仅是为了装饰那可爱却不忠的妻子的前胸。这高贵的石头,可能是来自于被弃置的基路伯的冠冕,以赛亚称它为道之准则,以西结称其为推罗之王。被背教者遗弃后,这顶被各种幼稚仿制的宝冠反而增长了,从七颗到十二颗,闪耀在《诗篇》童贞女的额头:我要在你额上,置放宝石华冠。

如同宝石是建筑的冠冕,精神之石则是我们自身的根基:以赛亚说,我把你的宝石按照品序铺放,再把你置于蓝宝石之上。后来,巴穆斯描述圣城耶路撒冷时又引用了这段话,称耶路撒冷有十二根基,都是用各种宝石装饰的,即碧玉、蓝宝石、红宝石、绿宝石、红玛瑙、血玉髓、黄碧玺、水苍玉、黄玉、翡翠、紫玛瑙和紫水晶。我们的好人儿高乃依(他有时也爱寻根究底),在比较了这些绝世矿物和十二门徒之后(我们得承认他比较得相当武断,其中彼得和保罗还说得过去,但西门和雅谷,还有犹大,怎么说呢?),再从中看出十二"信条"(credo)就比较能站得住了。(大家说是不是有点像商店里的商品条目?)

首先,碧玉在那里出现,是为了让我们确信只有唯一的一个创世主。不透光的石头、不做声的地基、坚硬的协议,还有,我们脚下整个建筑牢固的根基。但我更想解读一下钻石,像有些版本允许的,有时会用钻石代替碧玉。钻石,是几何的中心,是向沙漠中的摩西示现的、光芒交错的那簇荆棘,是和七色彩虹回响的内心的呼喊! ——接下来是蓝宝石,或者说,是上帝之言,是耶稣:它是天穹的颜色、深海的颜色,是永远睁开的眼睛,有时还能看到瞳孔(像星星一样的蓝宝石),先知说,那是视觉的深渊。既然一切都在圣言中创造,我就把你安顿在蓝宝石里。——第三种是红宝石,拉丁文为"carbunculus",即"烧红的炭"。这火焰或火炭,六翼天使曾用钳子夹住,用来洁净以赛亚的唇,让它日后说出童贞女将生育。谁由圣灵孕育,谁由童贞女降生,这是信条的第三条。天主不也说过:我把火带给世界,除了燃烧,别无它望吗? 这化为肉身的血有上帝融入其中,照亮并荣耀。现在,它受孕后,自己也变成了光源,并在其中融入自己的养分。——接下来是绿宝石,这第四条与受难有关:"passus"(忍受)、"crucifixus"(受难)、"mortuus"(死亡)。拉丁经文说:若我们走进绿色的树林……绿色是一种复合色,滋养它的是与溶解兼容的合约。两种音调互相干预,合二为一。它的名字,和"vis"、"virga"、"virge"、"viror"、"virus"、"vita"出自同一个词根。它是小草和树叶的颜色，是连接天地最朴素的色彩，是通过汁液向大地借用养分的的食物的颜色。所以，绿宝石是扎根大地的、十字架上的天主，对我们而言，他就是粮食和饮料，就是源泉。而我们与他之间，有一条类似的道路，彼此滋养。——第五种，是第一块不透明的石头，红玛瑙。像它的名字指示的那样，它接近玛瑙和缟玛瑙。这里，就要插入人的指甲来比较一番了，它可给很多宝石起了名字。人类指甲的材料就是动物的爪子、角和背甲的材料。我们的手上、脚上都有指甲。学者想让我们相信，脚上的是祖先脚趾缩小的结果。手上的，曾是食肉动物凶残的武器，现在剪圆了，不再在爪子前，而像罩在十个工人头上的帽子。又或者，对于摆脱奴役劳作的人来说，它是我们人格精美的端点、锐利的亮点，是精神的光，像格言说的那样，"一直闪到手指尖"，同时，还是为了证明我们想法的琴拨子，在无形的乐器上让人眼花缭乱。指甲是一种矿物质，不像骨头用以支撑我们的肉体，而是需要被肉体来滋补营养，就像它滋养牙齿那样。事实上，我们的双手也算得上是一口牙齿。我们托着帽子毕恭毕敬跟随的向导科奈利乌斯要我们相信，按照他的师傅普林尼（Pline）的说法，红宝石的里层是黑色的，中间是白色，外表才是红的。机敏的阐释家从中看出上帝是从模糊的边境下临地狱。这一层层颜色，据专家说，由无数道线条组成。从中可看出一圈圈的回环，为我们的内在世界划出界限。因为人身上的恶,在距离光明最远的地方。——第六种是血玉髓,是光玉髓或玉髓的变种。其铁锈色近乎红色,也就是说,冲破昏暗逐渐诞生的荣光,特别适合被神秘作家用来意指复活。耶稣借复活荣耀了大地,而亚当的名字,意为"红土",无论是在母亲体内,还是在坟墓中,他都红土裹身。确实是这样的,《雅歌》说:我会把她领到我母亲的屋里;而圣保罗在《诗篇》第六十七章说:神使被囚的享福。注经者补充说,彼得好像是石头,是从墓石中再生的。——第七种,黄碧玺。法语是"péridot"或"olivine"。其意义,似乎是借其透明和浅黄,比喻升天。据《启示录》的说法,这是半透明的金子,像玻璃。注经者则补充说:黄金是帝王的象征。并且,黄色,是蓝色的补充色,是向蓝的运动。材料不重要:其价值最多在于对照亮它的光线有完美的延伸性。——现在,到了第八种,水苍玉!是第八信条的标记,即对生者和死者的审判。水苍玉的另一个名称或变种是海蓝宝石。之所以这样称呼,大概是因为把这种宝石泡在海水里,就会像灵魂消失在天主那儿一样变得无影无踪。这是种游弋着浅蓝色,有时还带着绿色思绪的纯水晶。上帝洞悉一切,在他那里,我们的灵魂没有隔板。但每个灵魂都有其特殊的色彩折射率,在光线下游戏、变幻着独特的微妙差异。眼睛像美食家的味蕾一般能马上将其辨识。它从存在的深处升出一片与光会合的云雾。这不是钻石的精神之火，而是内部液体中蓝色的犹豫，是我们身上自己制造的阴影，是被拷问的意识最后的保留。一种被动的透明，完全不接纳光线；一种来自我们深处的评价，一种不可称量之重。——第九条信条是圣灵，以黄玉为标志。黄色在彩虹的中心，平衡两边的蓝与红，远非象征抽象真理的纯白。这是作用到作品上的精神，是被目标定性的活动；是拉丁诗人的"mens（智慧）"穿透材料，通过所有微妙的变化，从橘红到深褐色，直到把它规劝为金色，乃至，更胜一筹，变为整个颜色世界的材料。《约翰福音》说：光照在黑暗里。《雅歌》中的新妇则自诩：我虽黑，却秀美。——黄玉，据神秘作者说，是阳性的。而第十种象征教堂的宝石，翡翠，是阴性的，其组合词根古怪地汇集了黄金和韭菜的意思。那是从金色到生命的邀请，是光线应用到植物的力量上，是《创世记》的主要问题。在太阳还没有出现之前，上帝命令大地，让它长出青草，呼出氧气减少碳气。这就是有叶有根、孕育种子、让自己延续下去的植物。——第十一种石头是紫玛瑙。名称源于它和神话中花朵的相似，寓言故事里说，这种花的花瓣上有二合元音"AI"的组合，真让人称奇！似乎前人认为它是有一层金粉的、不透明的蓝色石子。对于我们来说，它更像是困扰在暗色、变换着的微妙差别中，是黄色和褐色的混合。老普林尼对此写过一段精妙的话：未及享用就消失于眼前；勉强触及何谈填充。神秘派从中看到赦罪的象征,看到冒烟的意识燃烧起来,看到惩罚中的怜悯之情。这是罪孽和它所系的实物同时消散。——最后,第十二种宝石,是大主教戴在手上让我们亲吻的紫水晶。其颜色是蓝与红的混合,据说象征的是最后一条——我们的信仰,即肉体的复活和永恒的生命。上帝表明了再次饮用的愿望,大地便给天空送上一缕清风。有时蓝色为主,有时红色偏重,就像我们教堂的彩窗,带着紫红和灰白色调。这是吸取着生命之气的血液,是爱与永恒的结合,是肉身对神性的吸收。

最后,所有这些宝石联在一起,可称为圣徒大会。

就这样,在所有纯洁的石头纸上,在我们可称为神学德行的钻石上,层叠地建起了救赎我们的建筑。构成它的混合色中,高层次的对低层次的构成了召唤和净化。

这就是大地在地层最深处藏匿的宝藏。发现和估价它们,要有比矿工的灯更厉害的阿拉丁神灯,为什么不再加上明智童贞女的灯呢?她把自己的火点在疯癫童贞女的带罐油灯上。一切都蕴含在光与色中。在大气中,在水面上,是同样的虹彩,同样悦目的调色盘,同样的色调,同样的色差,我们的草原和花坛尽力将其模仿。所有这一切在地球深处受到的压力,像沉重地压在唯一思想上的精神压力一样;所有这一切都导向永恒与抽象的凝固,导向对范本的尊崇,一切都变得明晰、确实、持久、颠扑不破。光通过水气,演奏出千万闪烁和瞬间的闪亮。但这易逝的展览材料,留住并构成了一个固定的思想。在挤压下臻于成熟的矿脉才能受孕和产生这潜存在自身的星星。珠宝,是对花朵的回应。通过这询问着我们的、变幻莫测的美目,夜晚与清晨的每一下笔触,动物和植物的每一个创造,无一不被大地的才干拿出对应之物,无一不出现在这黑天鹅绒上摊开的宝石收藏单里。所不同的是,我们这儿一切都在表面上,而宝石如洞悉的灵魂一样通体可读。所有这些,深渊中的默示,已刻出纹理的果实,等着上帝的孩子去发现。我们用手握着、塑造着这光的碎片。当说到夏日晴空的时候,没有比蓝宝石更好的比拟;一抹苍白,就是水苍玉;海水,是海蓝宝石标本的集大成者;赤道骄阳下沉重密集的大海,是天青石和孔雀石;黄玉,是沙漠,是大地蒸发的香气,是黄澄澄的葡萄粒和熟杏混在一起;玛瑙,是蜿蜒曲折的地势和劳作;在岩石的中心,智力的结晶产出永恒的钟乳石和关于角度、平面、棱柱的种种定理;绿宝石是五月;绿松石是六月;有的是油点,有的是神女的泪滴;有的圆形水滴维持着,就像中了月亮的毒;有的里面像是住进了精灵,却被看不见的眼皮出卖了仙女的本质;有的被一阵金闪闪的旋风笼罩;有的蜜糖一般,有的是精神的金块。葡萄藤的生命一直延伸到酒,肉体的生命则延伸到血,但还不能和红宝石相比。一切创造物都能来和我们的收藏、和这些已建立的价值相比。一切都来于水和火，古老的哲学家这样说。但，请问，什么样的水和火能与钻石的相比？

在另一首关于彩窗的诗中，我写过，或者应该这样写过：当光衍生出颜色时，它不仅是在透过精神向我们的视网膜发出召唤，也是在呼唤我们所有的感觉。我曾把勒芒（Le Mans）和沙特尔大教堂的彩窗奇观比喻成一把香料，比成八月的燔祭，比成十字军从圣皮尔克赫（Saint Sépulcre）采来的芦荟和没药醉人的香气。《雅歌》说：你的手指分泌没药。这里或许说的是艺术家的魔法手指。但当我在这些宝石中信手摩挲的时候，它们各自音调迥异，刺激的不仅是我们的瞳孔，而是我们的味觉。这个是酸味儿的，那个会像蜜糖一样在我们的舌头和上颚溶化。紫红色如果可以品尝，那一定有一种是勃艮第葡萄酒，另一种就像伊盖姆堡；这个是赫雷斯，那个是上年纪的马德拉；这个有酒精的烈度，那个轻飘的扩散，颇有夏布利的豪气；这个呛鼻的青铜像起泡的香槟；那个是阴阳两面山坡葡萄的混合，上颚能轮流品出味道的分合。但，哪位行家能品出碧空的生熟，永恒的年岁和精神的收获呢？

珍 珠

　　目前为止,所有我们清点过的珍宝都经过与人的合作,要靠人手实现矿物隐蔽的心愿。总的来说,还都是制造出来的东西。深海里的珍珠却完全从活体中产生:纯洁、圆润,从孕育它的短暂生命中抽身而变为永恒。它是完美之病的体现:我们身上,对完美的渴望导致的病变,最终逐渐结成这无价之珠。在身体褶皱里的珍珠,是凭借内心寂静除却了尘世使命(外界的批评威胁着内心的萌动)的玄奥颗粒,是价值的凝聚,是晶莹的奶滴,是成熟落蒂的果实,是巩固了的意识,是将色彩直至为光的抽取,是纯洁的孕育。一颗受伤的、丰富的灵魂,在体内有能把时间固化为永恒的装置。这是珍珠,是精华的实现,是一种"必需";是《启示录》所说的我们手中可用以打开耶路撒冷之门的所有财富。它不发光,不灼热,却动人:对我们眼睛、皮肤和灵魂来说，都是清新和生气勃勃的抚慰。我们和它已然有所关联。

这就是道家的朝圣者在宇宙的轮毂里要摘取的北斗，也是佛祖眉心镶嵌的明珠。

为了得到这无价之宝，《福音书》建议我们卖掉一切家当。所谓卖，就是把特有的财产转换为拥有一切的名分，就是用未来的价值代替现今的享受。寓言还告诉我们，不论是寡妇的，还是卑劣的犹大的货币，都要像有恺撒侧脸的德拉克马币正面标明的价值那样，在这一价值基础上收取二次费用。所有这些硬币，这些代表各种价值、有各种叫法的金币、银币、铜币，染着市集和妓院的污秽，带着血污，被锉刀磨圆。这不义之财，这扔在我们海滩上的沙砾和挂在我们腰间沉甸甸的口袋，最好换成便于携带的东西，换成小得看不见的黑芥子。铜子"苏"的交换价值有法律规定，受法院保护。但时间孕育的大海的果实——珍珠，除了简单、纯洁、光彩造就的美丽和内在的完善以及它引发的欲望之外，没有其他价值。它在市场上的出现让别的物品黯然失色，改变了它们的市价，并让银行家为它操纵的平衡感到不安，因为，珍珠引入了不可以数字计算的因素，即从凝视而生的、精神上的垂涎。它是我们希望此身具备的高级智慧。《雅歌》第八章第七节说："有人若倾全家财宝换取爱情，定受藐视。"

此刻,我就在巴黎最大的珠宝店里,在一个被《福音书》颂扬的职业人家里,这份职业,越过大地一切珍宝,向大海索要起神秘的制品。这珠光粼粼的表面,上帝的目光从一端到另一端,信手抚摸着它颤动的、敏感的薄膜,而大海,在深渊底部的活车间里,耕耘出了回应:这基本的核。一个盲聋喑哑的可怜虫,被外面的水挤爆耳膜,一直潜到海底深处才能摸索到它。而现在,它就在我的手心,天使般贞洁,贝齿一样娇小,如一片花瓣,一颗天上雷霆孕育的纯洁冰雹,但又像婴儿的身体那样散发出玫瑰色的温热。我把它放在指尖转着看,发现她每一面都发光! 钻石的几何多面体发出的光坚硬而锐利,珍珠的则可爱柔和、婉转温馨,我几乎想说它是通人性的。这是不朽的圣体向我们的躯壳发出的呼唤! 它得益于时间又超越了有限的时间,与其说永恒,不如说持久。卑微的软体动物死去了,它在自己身上未曾得见的作为,它制造出的、闻所未闻的存在却继续活了下来!

　　有一类大众珍珠,只是暗淡的小圆球,可用来比拟正派教徒们的粗俗、日常和按部就班。它们像平庸的学生,仅仅得益于球体的洁白。不过,只是凑数的零钱,是粗面粉,是硬币。最大的放在天平上也只能增加一点毛重。要仔细观察才能发现这颗和那颗的不同。这类珍珠的价值在于,它们能从自身内部集合足够的凝聚力成为光洁的球体,不给光线制造阴影。

但,看这颗的侧面,有一点微光在扩大,这种欢快、活泼和生动,我们通常称之为光泽。如同一颗转向爱情的心,有了偏袒;又像一张扭过去的脸庞,在盯视之下羞红。那是被唤醒的一点微光,反射出的玫瑰色里有时还带点说不出的绿意,是纯洁无瑕的意念,是尚向偏爱敞开的天真。一扇窗打开了,一颗灵魂升起,灯回应光,功德迎候圣宠,纯洁和宽恕携手同行。诞生与初生混合就像天使融入上帝的荣光。一颗终于可以响亮发声的灵魂,一片黎明,一种对光的渴望。这不再是矿物的光彩,而是内心温柔的散发。"当你的荣光显耀于世",她说,"我心满意足。"所以,《启示录》把耶路撒冷的门比作珍珠,而圣母,则被称为东方之门。

我还没有说那些黑珍珠,那一滴流动的夜色,它也有光泽,也散发光芒!为它们带来上帝选民光荣的正是这种对光的预感。《雅歌》说:我虽然黑,但我是美丽的。音已停歇,在场的目光却泄露了歌声。说吧,唱的是什么!这歌声就像夜色中浑圆的话语,像黑暗中来迎接我们的、船上的灯火,像曾爱过的人在我们身后留下的花环和一串晃动着的名字!

13

参观国联大厦

就这样，在这平淡无奇的夏天，我去了两三次日内瓦，看普拉多博物馆的藏画。具体的情况以后再说。但在精品堆里待一个钟头，精神就被填满了，像被按到盆底的喷壶，挤出一个个气泡后，迫不及待地发出咕咚一声，空了，因为满了。那就只能去湖边午餐，把另一个空——空腹再填满。圣事仪式般地，靠这条昂贵不俗、国际池塘饲养的神秘白鲑，再配上一两杯金黄透亮的葡萄酒！

饭后的仪式，我不会错过，那便是去国联大厦。马拉美在某处曾说过，白纸的空白是一种防御。但这里却相反，空，是一种引力。矗立在欧洲人汇集的中心，它在每个法定时刻，都吸收、吸纳着大批人群。

我相信国联①。相信现今当道的、正用铁蹄践踏弱小无谋人民的三个邪魔外道只是历史的一段插曲、一次危机。错误之上有时也立得住东西，但在愚蠢、公然藐视良知与道德的卑鄙和单纯的蛮力上，不可能有任何哪怕一点的持久。邪道定会衰弱，人们终有一天会重新感到需要一个论坛、一个平台，在公平的基础上宣示、讨论、比较和权衡各种需求和利益。要有一个市场、一个交易所，让人在太阳下自由地讨论、估价和交换。我跟你们说，一定会这样！不信吗？那就等着瞧！

　　现在，参观者的队伍正耐心地在这座新建筑的门前等候开门。他们是朝圣者的先锋，将来，人们会从世界的四方八方涌来。不管怎么说，人们心中对团结的需求并不比对独立的热爱要少。给它提供一个可散发秘密影响力的喉舌、一项提议，已经是桩了不起的事了。而它，就在这里。我们对过去的遗址和残留的记忆总是抱有好奇。那么，对未来之必然的超前实施，对这目前只代表一种能力的建筑，对召开全球议会的请柬，为什么不产生同样的好奇？总之，受刚才提到的三个魔道国家的影响，国际形式已到了前所未有的紧张状态，现在，人类在两大阵营中间瓜分着实际的、持久的、致命的利益。那

---

　　① 国联，一战后建立，在二战中瓦解，于 1946 年 4 月正式宣告解散。——译注

些扩展的疆界面临共同的威胁,反而不能相互来往。集体安全的说法曾备受讥讽,但在今天除了将其实现,赋予它一个实在的形式,还能做什么?

国联大厦此刻呈现出的伟岸景象,是寂静。寂静,不是一个人停止讲话后的安静,而是尚未出声前的肃穆。大厦整个框架的构思是对未来的挑战。它没有雕像和铭文,不提及任何事件、人物,即便是威尔逊(Wilson)或白里安(Briand)。整个广场的设计无框无形,其余,像卡夫卡的小说那样,是我们看不懂的各种职能和官员的聚集处。平台,楼梯,一排排望不到头的窗子,正中像是一份门廊或庙宇的示意图。一个建筑体上开了洞,望出去是严整的院子,似乎一株天真的小草都不敢贸贸然长出。如果需要绿色,除了办公室内的,室外有一块块打理好的草坪,让严肃的思想能欣慰地看到条理井然状态下的自然景观。所有这些,虽不至于说庄重,但是是考究的,在这可以正当放空的悠长假期内显得有点特别。

接下来,让我们跟着远处那队不见其人但闻其高谈阔论之声的游客,走入这无人入主的大厦。这里的一切都泛光发亮,玻璃、清漆、大理石、胶合板、木石的纹理,都是对气氛敏感的材料。隔板在空荡荡的空间里像一面巨大的镜子。地面涂了弹性材料,踩上去悄无声息,空旷连接着自由可用的开放,笨拙的反射冲淡了宁静的光。没有分枝吊灯,没有木炭壁炉,没什么家具，至少，没什么可挪动的东西。这座建筑内部生活的构成是容纳性的内部原则。但还是有一些不规则排列的扶手椅、桌子、写字台和到处放着的电话，让人觉得像有一群影子部队在这里。还好，在孤寂的尽头，我看到一位办事员，穿着衬衫在专心致志地打字。我保证！是个活人！这和平使者的背带，在我看来简直太美了！

不必说，在这司法重地，在这涉及具体事务的、无声的商讨场所，没分给绘画一席之地。其实不然！在中心的一隅，有我们的朋友塞尔特(Sert)的恢弘装饰。我一会儿会讲到。在数不清的会议室中，有一间的四面墙壁是四位法国著名画家的作品。唉！可惜呀可惜！老佩斯奈(Besnard)为这惨状买了单。我想说的是，在这四壁之间，我们的同胞各守一隅、各自为政完成沉闷的工作，遗憾的是佩奈斯之笔的协调力。

现在讲讲方才说过的中央大厅。塞尔特以高超的技艺克服了建筑结构带来的各种困难，用宽幅的金边让天花板和墙壁变得更明亮，然后，在此之上以黑色为基调构图，边角饰以浅灰。我们的眼睛和精神，能欣赏到这样合情合理、整体感强的大幅巨制，能参与到这样一位艺术家的丰富创作中，真是幸福！对他来讲，艺术就是它应该的样子，即是一种表达方式，而不是进行乏味戏耍的借口，让人一看就反感。塞尔特想表现灾难的终结、奴役的终结、疫情的终结和战争的终结。他决然放弃了神话寓言和十九世纪守旧派画了满街满墙的愚蠢人像,用画笔把众多无名的群众安顿在了这抽象的建筑中。于是,我们看到,空荡荡的蜂房突然涌入湍急的人流,让他们生气活跃的、流动着的希望和渴望,更多地赋予他们方向,而不是形象。左边,是一排巨炮,像尽全力喷出最后的硝烟那样,幻化出一位抱着孩子的女人。这些巨炮,不是旧军火库的残余,而是古时破城用的羊头撞锤,把长期将人们分隔的壁垒敲开,被困的人类就这样汹涌逃离。在卢浮宫收藏的、维米尔的著名作品《花边女工》里,整幅构图最终落在女工手里正穿刺绣棚的针尖上,同样,隔壁墙上,在苦难的漩涡中心,一位面容模糊的医生把治愈的针推进显示圣迹的病人的手臂,天下所有受苦之身等同身受。再远处是一个巨大的齿轮,或者说,是一个齿轮体系的局部,整整一队奴隶,加上两头套上架子的牛在用力拉扯,我想,他们不是在把这齿轮拉向"scrap's heap"(废铜烂铁堆),是要带它去做一个决定性的调整? 抑或是导向对一个时代的呼唤,在那里,集体的节律将代替毫无秩序的争夺的残酷?

但,我在旁边这浅灰色的椭圆形画中又看到了什么? 三个男人同拉一把弓。这是对未来的呼唤! 这一拉,将飞越重重障碍,射向看不见的却又是当下的目标。

天花板上是宏大的构思。以萨拉曼卡大学正门为背景,四个柱型巨人增加了下方几群无名部落的空间感。这些巨人用肌肉发达的手臂,用力相互环扣扭结。——我对塞尔特艺术思想的满意迄此而止。与其画相互抓握,何况还没有实现,可惜! 不如朴拙一些,简单各自伸出手去。在中间,我会画一只鸽子,不仅作为构图的中心,还是整个建筑的中心,或者是它的中心十字,既有吸引力,又有凝聚力。

1939 年 8 月 6 日

布兰克

"轻与重"文丛（已出）

图书在版编目(CIP)数据

倾听之眼/（法）保罗·克洛岱尔著；周皓译.
--上海：华东师范大学出版社，2017
（"轻与重"文丛）
ISBN 978 - 7 - 5675 - 7285 - 0

Ⅰ.①倾…　Ⅱ.①保…②周…　Ⅲ.①文艺评论—世界—文集
Ⅳ.①I106 - 53

中国版本图书馆 CIP 数据核字（2017）第 331773 号

华东师范大学出版社六点分社
企划人　倪为国

轻与重文丛
倾听之眼

主　　编　姜丹丹　何乏笔
著　　者　（法）保罗·克洛岱尔
译　　者　周　皓
审读编辑　何宥臻
责任编辑　高建红
封面设计　姚　荣

出版发行　华东师范大学出版社
社　　址　上海市中山北路 3663 号　邮编　200062
网　　址　www.ecnupress.com.cn
电　　话　021 - 60821666　行政传真　021 - 62572105
客服电话　021 - 62865537
门市（邮购）电话　021 - 62869887
地　　址　上海市中山北路 3663 号华东师范大学校内先锋路口
网　　店　http://hdsdcbs.tmall.com

印 刷 者　上海中华商务联合印刷有限公司
开　　本　787×1092　1/32
印　　张　9.75
字　　数　100 千字
版　　次　2018 年 3 月第 1 版
印　　次　2018 年 3 月第 1 次
书　　号　ISBN 978 - 7 - 5675 - 7285 - 0/J·345
定　　价　58.00 元

出 版 人　王　焰